# *So sexy ist der Norden! Band 5*

## *Dritter Teil der erotischen Kurzgeschichten aus Norddeutschland*

AF206578

Ganz herzlich willkommen zu unserem nunmehr schon 5. Band unserer sexy Kurzgeschichten für Erwachsene, bei denen neben meinen eigenen Geschichten - wie immer - auch dieses Mal natürlich noch weitere Autoren zu Wort kommen, wofür ich mich ganz herzlich bedanken möchte! Denn es ist durchaus keine Selbstverständlichkeit, seine eigenen amourösen Abenteuer einem breiten Publikum zugänglich zu machen.

Umso mehr freue ich mich darüber, dass es Euch - genauso wie mir - immer noch richtig Spaß macht, Eure Erlebnisse mit mir zu teilen und daraus richtig spannende Stories zu zaubern, die dann auch unsere Leser in eine - hoffentlich besonders - angeregte Stimmung versetzen.

In diesem Band finden sich folgende Schriftsteller:

- *Eisenherz2015 und Ladybird aus dem **Raum** Borken* und
- *K.D. Michaelis* aus **Hannover**.


**Wir wünschen Euch gute Unterhaltung und natürlich würden wir uns sehr freuen, wenn wir Euch inspirieren könnten, selbst noch mehr Spaß zu haben!**

*K.D. Michaelis*

# *So sexy ist der Norden! Band 5*

*Dritter Teil der erotischen Kurzgeschichten aus Norddeutschland*

*Bibliografische Information der Deutschen National-*
*bibliothek:*
*Die Deutsche Nationalbibliothek verzeichnet diese*
*Publikation in der Deutschen Nationalbibliografie;*
*detaillierte bibliografische Daten sind im Internet*
*über http://dnb.dnb.de abrufbar.*

*Autoren:* **Eisenherz2015 / K.D. Michaelis /**
**Ladybird**

*Herstellung und Verlag:*
*BoD – Books on Demand, Norderstedt.*

*ISBN: 978-3-749-44730-5*

*Illustration: K.D. Michaelis, Hannover*

# Inhaltsverzeichnis

# Inhaltsverzeichnis

# Blind Date

Chatten - einfach nur so - damit fing es an. Er kontaktierte mich und so schrieben wir eine Weile miteinander - ganz belanglos. So ging dies einige Abende. Langsam aber wurden unsere Unterhaltungen persönlicher, prickelnder.

So kam auch mal im Alltag der Gedanke auf, ob er sich wohl abends wieder melden würde. Wobei mir dieser jedes Mal ein erwartungsfrohes Lächeln ins Gesicht zauberte.

Seine Art zu schreiben gefiel mir. Während ich noch überlegte, wie es wohl wäre, ihm live gegenüberzustehen, schrieb er eines Abends dann tatsächlich, dass er mich gerne treffen würde. Obwohl ich dies eigentlich schon lange entschieden hatte, bat ich ihn trotzdem um etwas Bedenkzeit. Wobei unklar blieb, ob ich diese - zumindest pro forma - für mich benötigte oder ob ich ihn einfach nur ein kleines bisschen zappeln lassen wollte.

Wirklich funktioniert hat dies allerdings nicht, da ich schon am nächsten Abend zusagte. So planten wir unser Blind Date dann auch gleich für das kommende Wochenende.

Außer dem Vornamen des anderen, Uhrzeit und dem Treffpunkt - einem abgelegenen Parkplatz - hatten wir nichts. Nicht einmal eine Handy-Nummer.

Ich fieberte unserem Treffen entgegen: nur noch 24 Stunden, die wie im Flug vergingen.

Es war ein warmer Sommertag und am späten Nachmittag begann ich mit den Vorbereitungen. Ganz spontan legte ich meinen sehr kurzen Jeans-Mini aufs Bett, dazu ein weißes, sexy Top und meine High-Heels, die meine schlanken Beine gut zur Geltung brachten.

Anschließend nahm ich ein heißes Bad und träumte vor mich hin. Was, wenn er gar nicht erschien? Was, wenn wir uns nicht sympathisch waren? Fragen über Fragen. Aber die Neugier auf dieses Abenteuer ließ alle meine Zweifel verstummen.

Dann wurde es Zeit. Raus aus der Badewanne, abtrocken, eincremen, Duft aufsprühen und ein dezentes Make-up. Meine lange, lockige Löwenmähne nur kämmen und aufschütteln. Noch schnell in weiße Dessous geschlüpft, die meine sonnengebräunte Haut betonten. Darüber der Jeans-Mini, mit Top und High Heels. Ein Blick in meinen Spiegel sagte mir: perfekt.

Vor mir lag nun eine knappe Stunde Autofahrt. Es dämmerte schon. Je näher ich meinem Ziel kam, umso lauter klopfte mein Herz vor Aufregung. Dann war ich da. Von weitem sah ich einen silbergrauen Audi, der einsam auf dem abgelegenen Parkplatz stand: das war er.

Ich parkte daneben. Mein Blick ging nach links und als ich ihn sah, begann mein Herz zu rasen. Da stieg er auch schon aus - zeitgleich mit mir. Er strahlte mich an, musterte mich kurz und außer einem ‚Wow' kam erstmal nichts weiter.

Ich konnte gar nichts sagen. Dieser knapp 1,90 m große Mann - sportlich, muskulös, gepflegt und gutaussehend - machte mich einfach nur sprachlos.

Wir gingen noch einen Schritt aufeinander zu und er nahm mich einfach in seine starken Arme.

Meine Beine zitterten und ich hörte, wie er sagte: „Schön, dass du da bist."

Wir küssten uns leidenschaftlich, als sei dies das Selbstverständlichste auf der Welt. Worte waren überflüssig. Ich spürte, wie meine Nippel hart und meine Muschi triefend nass wurde. Ich bestand nur noch aus purem Verlangen. Wir vergaßen alles um uns herum.

Ich hörte mich - zu meiner eigenen Überraschung sagen: „Ich will dich, hier und jetzt."

Er hob mich einfach hoch und legte mich ganz sanft auf die Motorhaube seines Autos, blickte mir tief in Augen, schob mein Top hoch, legte meine Brüste frei und saugte an meinen harten Nippeln.

Mein Herz raste, meine Muschi pochte und ich stöhnte laut auf. Dann schob er meinen Rock hoch, meinen String beiseite und fühlte meine nasse Muschi, die sofort leicht zu zucken begann.

Dann hob er meine Beine an, legte meine Füße auf seine Schultern und dann...

Sein harter, heißer Schwanz drang in mich ein. Zunächst ganz vorsichtig, dann immer tiefer, fordernder, schneller. Unsere Geilheit war grenzenlos. Wir stöhnten, keuchten.

Dann kam ich: ein Orgasmus in nie gekannter Heftigkeit. Ich keuchte, wimmerte, schrie und spürte, dass auch er zuckend in mir abspritzte.

Er hielt mich fest, küsste mich sanft und zärtlich und murmelte etwas, das ich nicht verstand. Allerdings war mir dies in dem Moment auch ziemlich egal.

Irgendwann setzten wir uns in sein Auto. Er fuhr mit mir zu einem versteckten See, breitete eine Decke aus und wir genossen die Stille, die Zweisamkeit und die Zärtlichkeit.

Seine Küsse waren intensiv und elektrisierend und ich wollte ihn unbedingt noch einmal spüren. An seinen Augen konnte ich erkennen, dass es ihm genauso ging.

Er legte sich auf den Rücken und meinte, er wollte mich schmecken. Also hockte ich mich über sein Gesicht. Vorsichtig begann er, meine Muschi zu lecken, die sofort wieder triefend nass war. Ich knetete meine Brüste, zwirbelte meine harten Nippel und sah, dass ihn dieser Anblick verrückt machte. Er stöhnte laut und ich bemerkte seinen großen Schwanz, der jetzt steil in die Höhe ragte.

Ohne nachzudenken, spießte ich mich damit regelrecht auf. Zunächst hielt ich ganz still und genoss einfach nur dieses wunderbare Gefühl, völlig ausgefüllt zu sein. Dann begann ich langsam, auf ihm zu reiten. Ich spürte, wie mein Saft nur so aus mir herausfloss und das fühlte sich extrem geil an.

Meine großen, strammen Brüste bebten vor seinem Gesicht. Es machte ihn wahnsinnig. Er knetete sie und saugte an meinen harten Nippeln - zunächst ganz sanft, doch dann immer intensiver.

Meine Bewegungen wurden immer schneller. Ich wollte ihn spüren - ganz tief in mir. Meine Muschi glühte vor Verlangen. Sein Schwanz war groß, hart und heiß: ein süßer Schmerz. Dann kam es ihm mit Gewalt und er spritzte nochmals heftig in mir ab.

Das war mehr, als ich aushalten konnte. Im gleichen Moment bekam auch ich einen heftigen Orgasmus. Ich schrie vor Geilheit und er fickte mich weiter - immer weiter. Ich bekam einen Orgasmus nach dem anderen.

Es war wie ,nicht von dieser Welt'.

Völlig erschöpft schliefen wir für eine ganze Weile - eng umschlungen - auf der Decke ein.

Total fremd und doch so vertraut. Als wir erwachten, küssten wir uns zärtlich und mussten uns wieder auf den Heimweg machen.

Doch es war kein Abschied für immer. Es folgten noch viele erotische Abenteuer...

**Nach der Idee einer Lady:**
**Ladybird (46) aus dem Raum Borken**

Bild: © Ladybird

## Sarah und Kai
## - die andere Frau

Ein Jahr waren Sarah und Kai nun schon ein Paar. Inzwischen wohnten sie seit etwa drei Monaten zusammen, aber ohne, dass Kai seine Wohnung aufgegeben hatte. Wobei er eigentlich immer bei ihr war und kaum noch Kleidung in seiner eigenen Behausung hatte. Sie experimentierten viel, fanden zueinander und haben gegenseitiges Vertrauen aufgebaut.

Sarah war während dieser Zeit zu einer - für sie - neuen Erkenntnis gekommen: sie war deutlich devoter, als sie bislang vermutet hatte und Kai genoss seine Dominanz beim Sex. Sie fand es auf einmal sehr erregend, mit ihm Analverkehr zu praktizieren, obwohl sie dies früher gar nicht gemocht hatte. Außerdem war es toll, dass sie mit Kai über alles reden konnte. Egal, ob es sich dabei um ihre sexuellen Wünsche und Fantasien, oder um Stress im Job bzw. um Probleme in der Familie handelte.

Eines Abends, die beiden saßen gerade gemütlich zusammen auf der Couch, als es plötzlich zu einer Situation kam, welche die - bis dahin sehr entspannte - Atmosphäre schlagartig kippen ließ. Sarah war von Kais Reaktion mehr als nur überrascht, da sie eine solche von ihm bislang eigentlich gar nicht kannte. Im Fernseher lief ein erotischer Film, den sie sehr spannend und erregend fand, der ihn aber kaum interessierte. Er beschäftigte sich mehr mit seinem Handy und schaute nur auf, wenn das Stöhnen im Film etwas lauter wurde.

„Das würde ich auch gerne einmal machen", sagte Sarah.

„Was?"

„Na - das da", erwiderte sie.

Kai blickte auf. Im Film kamen sich gerade zwei Frauen etwas näher. Sie küssten und streichelten sich sanft. Die beiden Ladies zogen sich dabei langsam aus und ließen sich auf einem Bett nieder, um sich ihrer Lust hinzugeben.

„Nein", sagte Kai plötzlich. „Das möchte ich nicht. Ich will dich doch nicht mit einer anderen Frau teilen. Bei einem Mann wüsste ich, gegen was ich ankämpfe, wenn es ernst würde. Aber bei einer Frau - nein."

„Aber Schatz. Es geht doch nur um Lust und Sex."

„Nein, nicht mit mir."

Enttäuscht schaute Sarah den beiden Frauen im Film weiter zu und sagte nichts mehr. Sie hatte gehört, dass jeder Mann sich so etwas wünschte und jetzt das. Bislang hatten sie immer alles Neue freudig ausprobiert und es gab dabei nie ein Tabu - bis zu diesem Abend, der dann auch entsprechend ruhig verlief und ohne Sex zwischen den beiden. Sie war einfach zu enttäuscht von Kais komplett ablehnender Reaktion, die jedes weitere Gespräch darüber im Keim erstickt hatte und folglich auch ihre eigene Lust.

Vierzehn Tage nach diesem ‚Vorfall' hatte sich Sarah wieder beruhigt und die Gedanken an Sex mit einer Frau verdrängt. Sie hatten vor, ins ‚*Red Devil*' - einen Swingerclub im Nachbarort - zu fahren. Sie waren schon einige Male in diesem Club gewesen und hatten dort immer schöne Stunden zusammen verbracht. Sie genossen die erotische Atmosphäre und schauten den anderen gerne beim Liebesspiel zu, um dann irgendwann für sich alleine Sex zu haben. Sie mochten es, wenn man ihnen dabei zusah. Mit anderen Spaß zu haben, war bisher aber immer ein Tabu für beide gewesen. Zu frisch schien ihnen ihre Beziehung dafür.

„Ich bin fertig, mein Schatz", sagte sie zu Kai.

Sie sah umwerfend aus. Das enganliegende Latexkleid mit Neckholder ließ ihre Brüste größer erscheinen, betonte ihre Hüften und ihren geilen Po. Er musterte sie kurz und fragte dann:

„Bist du slipless?"

„Nein. Ich habe einen schwarzen String an", erwiderte Sarah.

„Zieh in aus", befahl Kai energisch.

Sie guckte ihn überrascht an, tat aber, was er gewünscht hatte. Sie kannte die Dominanz in seiner Stimme inzwischen, die keine Widerworte duldete.

„Wir müssen noch ein paar Minuten warten. Rebekka kommt gleich und bringt mir noch ein paar Unterlagen vorbei, die ich Montag brauche."

In diesem Moment klingelte es an der Tür.

„Das wird sie sein", sagte Kai und ging zur Tür.

„Komm doch rein Rebekka. Wir sind zwar auf dem Sprung, aber so viel Zeit muss sein."

Sarah kannte Rebekka von einer gemeinsamen Party. Sie war eine sehr attraktive Frau. Lange, dunkelblonde, lockige Haare und blaue Augen, in denen man sich verlieren konnte. Dazu eine Figur wie ein Model. Sarah fand sie sehr schön und anziehend und sie wusste, dass sie und Kai sich gut verstanden. Sie hatte Kai auch einmal erzählt, dass sie sie sehr attraktiv finden würde.

„Hallo Sarah", rief Rebekka ihr entgegen. „Wow, du siehst aber geil aus. Wo wollt ihr denn hin - in diesem Outfit? Kai in einem tollen Anzug und du in diesem absolut aufregenden Kleid."

„Wir wollen ins *Red Devil*", sagte Kai, noch ehe Sarah die Begrüßung erwidern konnte.

„Oh. Ich wollte ins *Dream Heaven*", sagte Rebekka und öffnete ihr langen Mantel.

Darunter kamen ein geiler, kurzer Lederrock und eine schwarze, durchsichtige Bluse zum Vorschein. Sie trug keinen BH und ihre Brüste waren schön und fest. Ihre Nippel zeichneten sich durch den dünnen Stoff ab. Sie schienen groß und hart zu sein.

„Dein Outfit ist aber auch sehr geil. Ich wusste gar nicht, dass du auch in Clubs gehst", sagte Sarah, die fasziniert zu Rebekka schaute.

„So ab und zu brauche ich das. Als Single-Frau will man ja auch mal ordentlich durchgevögelt werden. Nicht jede Frau hat so ein Glück wie du, Sarah, und so einen tollen Mann als Partner."

Dabei zwinkerte sie Sarah zu. Rebekka ging auf Sarah zu und musterte ihr Kleid aus der Nähe.

16

„Mit Neckholder?", fragte Rebekka, obwohl sie die Antwort auf ihre Frage natürlich schon kannte. „Das Kleid betont deine tolle Figur", fuhr sie fort und legte dabei ihre Hände ganz selbstverständlich auf Sarahs Brüste.

Sarah durchströmte sofort eine merkwürdige Erregung. Sie konnte dabei in Rebekkas wunderbare Augen schauen, während deren Hände ihre Brüste sanft umspielten und ihre Fingerspitzen über Sarahs Nippel fuhren, die sich sofort aufstellten. Verschämt guckte sie zu Kai hinüber, der sich mit einem leichten Lächeln im Sessel niedergelassen hatte. Plötzlich kamen Rebekkas Lippen denen von Sarah näher und sie küsste sie ganz sanft und zärtlich.

„Du bist eine sehr attraktive Frau", sagte Rebekka. „Ich habe schon mal mit dem Gedanken gespielt, wie es wohl wäre, mit dir Sex zu haben."

Dabei lächelte Rebekka Sarah gewinnend an und küsste sie dann erneut. Sarah merkte, wie ihre Spalte mit einem Mal feucht wurde. Ihre Brustwarzen waren nun steinhart und richteten sich steil auf. Sie blickte wieder fragend zu Kai.

„Spiel mit", sagte er. „Das wolltest du doch, oder? Club fällt heute aus."

Sarah lächelte überglücklich. Dieser Mann überraschte sie doch immer wieder. Vorsichtig erkundeten Sarahs Hände Rebekkas Brüste und legten sich sanft auf diese.

„Du bist bi?", fragte Sarah.

„Ja, hat Kai dir das nicht erzählt?"

„Nein. Davon wusste ich nichts. Er redet nicht viel über dich."

„Dafür redet er umso mehr von dir, Süße."

„Was hat er denn erzählt?"

„Dass du eine geile Fantasie im Kopf hast. Und die möchte ich gerne mit dir erleben. Ich hatte Kai erzählt, dass ich dich total sexy und erotisch finde und dich gerne mal vernaschen würde, wenn du nicht seine Freundin wärst."

Mit diesen Worten packte Rebekka Sarahs Haare, zog ihren Kopf fest zu sich heran und küsste sie. Dieses Mal aber mit voller Lust und Leidenschaft. Sarah hatte das Gefühl, gleich vor Geilheit auszulaufen. Noch nie hatte sie eine Frau so innig geküsst.

Rebekkas Hände öffneten den Klettverschluss in Sarahs Nacken. Sie zog das Oberteil herunter und ihre Lippen suchten Sarahs Nippel. Ihre Zunge umspielte sie, ehe sie diese in den Mund nahm und kräftig dran saugte. Sarah stöhnte vor Geilheit laut auf.

Kai saß mit übereinandergeschlagenen Beinen in seinem Sessel. Er genoss die Situation sichtlich und lächelte wohlwollend zu den beiden Frauen hinüber. Dadurch ermutigt, fing Sarah an, die Knöpfe an Rebekkas Bluse langsam von oben nach unten zu öffnen, während sich die beiden wieder küssten.

Als die Bluse offen war, zog Rebekka sie aus und ließ sie zu Boden fallen. Sarah machte sich sofort daran, ihre nackten Brüste zu streicheln, um sie anschließend mit Zunge und Mund zu verwöhnen. Rebekkas Hand glitt nun unter Sarahs Rock und suchte ihre feuchte Spalte. Langsam fing sie an, mit dem

Mittelfinger Sarahs Klitoris zu bespielen. Sarah stöhnte laut auf, nahm Rebekkas Kopf zwischen die Hände und küsste sie voller Inbrunst. Ihre Zungen spielten wild miteinander und Sarah griff nun ebenfalls unter Rebekkas Rock, um an ihre Muschi zu kommen. Sie war heiß, blank rasiert, nass und fühlte sich einfach wunderbar geil an.

Nun stand Kai auf, ging zu den sich wild küssenden Frauen, nahm jede an der Hand und sagte: „Kommt mit ihr zwei. Wir suchen uns ein gemütlicheres Plätzchen."

Die beiden folgten ihm gehorsam die Treppe zum Schlafzimmer hinauf, wobei sie sich immer wieder tief und voller Lust in die Augen sahen. Oben angekommen, ließ Kai die beiden los, zog sein Sakko aus, öffnete sein Hemd und setzte sich in den Cocktail-Sessel, der im Schlafzimmer stand, während die Frauen mit ihrem hemmungslosen Spiel weitermachten.

Sarah, nun mutiger geworden, öffnete den Reisverschluss von Rebekkas Rock. Diese verstand ihre Aufforderung und zog nun ihrerseits Sarah das Kleid ganz aus. Nackt standen sie sich gegenüber, küssten sich heftig.

„Leg dich hin, Süße", sagte Rebekka.

Sarah krabbelte aufs Bett, legte sich auf den Rücken, während Rebekka hinterherkam, sich neben sie legte und sie wieder küsste. Dabei streichelte ihre Hand die triefend nasse Spalte und Sarah stöhnte wieder laut auf. Rebekkas Zunge saugte fest an Sarahs Nippeln. Sarah streichelte währenddessen den knackigen Hintern und den wohlgeformten Rücken Rebekkas. Die Lust der beiden steigerte sich noch, als

Rebekka zwei Finger in Sahras Muschi einführte und anfing, sie damit zu ficken.

„Jaaa, ohhh, ist das geil!", schrie Sarah heraus. „Jaaa, fick mich."

Sarah war mittlerweile so nass, dass ihr Saft an den Oberschenkeln herunterrann. Sie stöhnte immer heftiger und ihr Körper bebte vor Geilheit, während Rebekkas Finger immer wilder in ihrer Muschi hin- und herfuhren. Sie merkte, dass sie es nicht mehr lange aushalten würde und ihr Orgasmus kurz bevorstand. Dann küsste Rebekka sie mit voller Leidenschaft, während ihre Finger sie weiter heftig fickten. In einer Explosion der Gefühle squirtete sie unter lauten Lustschreien.

Rebekka rief nur: „Mein Gott, ist das geil mit dir. Ich will dich jetzt unbedingt riechen und schmecken."

Sarah hatte keine Chance zur Ruhe zu kommen. Rebekka hatte ihren Kopf bereits zwischen Sarah Schenkeln vergraben und ihre heiße Zunge tanzte um Sarahs Kitzler, fuhr durch ihre triefend nasse Möse und leckte sie zum nächsten Orgasmus.

Kai beobachtete das lustvolle Spiel der beiden und merkte, dass auch seine Erregung rapide stieg. Sein Schwanz war steinhart und forderte eindringlich seine Freiheit aus der geschlossenen Hose.

Sarah konnte sich kurz erholen, während Rebekka sie jetzt wieder zärtlich küsste und ihre Brüste liebevoll streichelte. Sie wollte sich aber revanchieren und fing an, sich an Rebekkas Körper herunter zu küssen. Sanft und dann wieder etwas härter, knetete sie Rebekkas wunderschönen, festen Busen. Ihre Lippen küssten ihren Bauchnabel, wanderten zu den Innenseiten ihrer Oberschenkel und landeten dann auf ihrer Muschi, die ebenfalls völlig nass war.

„Du riechst geil", hauchte Sarah und fing an, Rebekka zu lecken. „Boah, schmeckt das gut."

Für Sarah war es das erste Mal, dass sie die Muschi einer anderen Frau erkundete. Bislang kannte sie nur den Geschmack ihres eigenen Liebessaftes. Rebekka stöhnte laut auf, als Sarah anfing, mit ihrem Daumen den Kitzler zu massieren und mit ihrer Zunge immer wieder in ihre Möse hineinstieß.

Nun konnte auch Kai nicht mehr länger einfach nur zusehen. Er ging an das Sideboard, öffnete die oberste Lade und nahm den silbernen Analplug heraus. Er zog sich schnell Hemd und Hose samt Socken aus, verteilte etwas Gleitgel auf dem Plug und ging zum Bett. Die Ladies hatten in ihrem Rausch von alldem gar nichts mitbekommen.

Kai nahm das Gleitgel, lies etwas davon auf Sarahs Hintern tropfen, die sich jedoch nur kurz umschaute und leicht zusammenzuckte. Dann lächelte sie und leckte begeistert weiter. Kai rieb ihre Rosette ordentlich ein und ließ unter Sarahs Aufstöhnen erst einen, dann zwei Finger darin verschwinden.

Nachdem der Plug sanft versenkt war, kniete er sich hinter Sarah und drückte seinen harten Schwanz in ihre immer noch triefend nasse Muschi. Sarah stöhnte erneut auf und schrie fast vor Geilheit, was Rebekka aber verhinderte, indem sie Sarahs Kopf fest zwischen ihre Schenkel auf ihre eigene Muschi drückte.

`Der helle Wahnsinn`, dachte sich Sarah, die vorne eine geile Frauenmuschi leckte, selbst einen Plug im Arsch und einen harten Schwanz in der Muschi hatte. Kai fickte sie nun heftiger und merkte, dass er bald abspritzen würde. Unter lautem Stöhnen und heftigen Zuckungen spritzte er sein Sperma in Sarahs Muschi, die das mit einem ebenfalls heftigen Orgasmus quittierte. Auch Rebekka konnte sich nicht mehr halten und schrie ihre Geilheit wild heraus.

Kai legt sich neben Rebekka und küsste sie. Sarah kuschelte sich an Rebekkas andere Seite und streichelte sanft über deren schönen Körper. Alle waren erschöpft, aber glücklich und zufrieden.

Sarah beugte sich über Rebekka zu Kai hinüber, küsste ihn und sagte nur noch: „Danke, mein Schatz. Ich liebe dich."

**Nach der Idee eines Gentlemans:
Eisenherz2015 (50) aus Borken**

Bild: © Eisenherz2015

# Prickelndes Vergnügen

Ich saß kopfschüttelnd vor dem Rechner und dachte, das ist mal wieder typisch Murphy's Law. Irgendwie schien ich immer am falschen Ort zu wohnen. Egal, ob ich meine Zelte nun gerade im Süden oder im Norden der Republik aufgeschlagen hatte. Die wirklich interessanten, spannenden Typen campierten immer möglichst weit weg. Andererseits war der Mensch hinter den Bildern und Geschichten bzw. seine Wirkung auf mich natürlich stets immer viel wichtiger, als die Entfernung zwischen uns. Also, was soll's!

Auch wenn wir uns natürlich sehr viel lieber deutlich öfter live gesehen hätten, machten unsere Nachrichten und Telefonate durchaus extrem viel Spaß und ich freute mich stets darauf. Denn dadurch ließ sich die Wartezeit auf das nächste Treffen zumindest einigermaßen überbrücken. Es machte mir einfach stets supergute Laune, wenn wir uns unterhielten, uns gegenseitig Bilder schickten oder überlegten, was wir mit dem anderen beim nächsten Mal anstellen konnten.

Dieses Wiedersehen war jedoch - bereits im Vorfeld - irgendwie ganz besonders spannend. Ich überlegte schon tagelang, was du dir wohl als Überraschung für mich ausgedacht haben mochtest. Ich hatte keinen Plan, was da auf mich zukommen würde. Trotzdem war ich mir ganz sicher, dass es eine aufregende Erfahrung werden würde. Denn so viel hattest du mir zumindest verraten: du hattest ein neues Spielzeug gekauft. Zum Glück war ich überhaupt nicht neugierig, weshalb ich nunmehr schon etliche Nächte nicht wirklich geschlafen hatte.

Was mich an dir so anmachte, waren unsere bedingungslos leidenschaftlichen Küsse, die schon in den ersten drei Sekunden unserer Begrüßung mehr als deutlich und völlig unmissverständlich machten, was folgen würde. Ich liebte das ausgiebige Spiel deiner Hände, die stets immer und überall auf meiner nackten Haut unterwegs waren, um mich zu streicheln, intensiv zu stimulieren und mein Blut dabei ganz gehörig in Wallung brachten. Sodass ich es nie abwarten konnte, dich und deinen harten Schwanz endlich in mir zu spüren. Daran ging für mich einfach kein Weg vorbei. Obwohl am Arsch vorbei, ging es dann in dem Fall doch sehr gut - oder eben auch nicht!

Mit diesen Gedanken stand ich sorgfältig rasiert unter der heißen Dusche. Während ich meine Haare wusch, stellte ich mir vor, das prasselnde Wasser wären deine Hände auf meiner nackten Haut. Ich verteilte den samtigen Schaum des Duschgels langsam mit kreisenden Bewegungen, wobei meine Finger ganz von selbst ihren Weg zwischen meine Schenkel fanden, während ich an dich und das kurz bevorstehende Treffen dachte. Meiner Geilheit erst einmal die Spitze zu nehmen, schien mir nach der viel zu langen Wartezeit auf alle Fälle eine gute Idee.

Ich lehnte mich rücklings an die kühlen Kacheln - mit einer Hand an meiner Klit und der anderen an meinem Nippel. Ich schloss die Augen und spielte an und mit mir selbst. Ich war freudig erregt und aufgeregt, weshalb alle möglichen Bilder - wild durcheinander - durch meinen Kopf wirbelten. Meine Finger rieben immer schneller über meine Muschi.

Ich musste schließlich nur die Beine noch etwas spreizen, den Duschkopf aus der Verankerung nehmen und ihn auf einen einzigen, harten Strahl umstellen. Von unten ließ ich diesen zwischen meine geöffneten Lips direkt auf meine Muschi spritzen. Das fühlte sich ziemlich gut an und außerdem war es inzwischen eh schon zu spät, um meinen Orgasmus noch hinausschieben zu können.

Also ließ ich es einfach zu und freute mich jetzt noch mehr auf dich und deinen Ständer. Was für ein sexy Tag! Ich mochte diese Art mich auf ein bevorstehendes Date einzustimmen, denn sie zauberte mir schon vorab ein Lächeln ins Gesicht.

Jetzt noch schnell abtrocknen, eincremen, ein paar Tropfen Parfum hinter die Ohren, meine Haare trockenföhnen und noch ein leichtes Makeup auflegen. Dann sollte hoffentlich nicht mehr allzu viel Wartezeit übrig sein. In Gedanken rief ich mir noch einmal unser letztes Telefonat ins Gedächtnis. Was hattest du gesagt? Ja - stimmt. Du hattest mich gebeten, heute nur mit dem kurzen, schwarzen Satin-Bademantel auf dich zu warten. Ausnahmsweise auch ohne Strümpfe und Schuhe. Das war nun wirklich schnell erledigt.

Ich schaute auf die Uhr und da ich trotz meiner Trödelei noch immer fast eine Stunde Zeit hatte, zog ich mir noch schnell normale Klamotten an, machte mir einen Kaffee und trank diesen auf dem Balkon. Zum einen lockte mich die Sonne nach draußen und zum anderen konnte ich hier auch noch schnell eine rauchen. Denn irgendwie war ich heute noch aufgeregter, als ich dies ohnehin immer schon war, wenn wir uns trafen.

Zurück im Wohnzimmer drehte ich die Musik noch ein wenig lauter, ging nochmal schnell Zähneputzen und ordnete meine Haare. Ein prüfender Blick in den Spiegel stellte mich zufrieden und so hüllte ich mich schließlich in meinen kurzen Morgenmantel. Allerdings nicht in den bestellten schwarzen, sondern in den roten, mit chinesischen Motiven bestickten Kimono. Ein bisschen mehr Farbe konnte nicht schaden und irgendwie passte dieser besser zu meiner Stimmung - entschied ich kurzentschlossen. Ich war mich ganz sicher, dass dies auch für dich okay war.

Damit lag ich dann auch richtig, denn die stürmische Begrüßung ließ einfach keinerlei Zweifel daran. Du hast meinen Gürtel gelöst, mir den Kimono abgestreift und mich denn auch prompt sofort Richtung Schlafzimmer dirigiert, um mich mit deiner Überraschung vertraut zu machen. Das klang vielversprechend und ich war dementsprechend gespannt, was nun passieren würde.

Du holtest die Augenmaske aus meinem Sideboard und reichtest sie mir. Ich zog nur kurz eine Augenbraue hoch, legte sie dann aber einfach an. Musste ich mich halt noch ein wenig länger gedulden - aber vermutlich würde sich das Warten lohnen. Hoffte ich zumindest.

„Damit das neue Spielzeug seine gewünschte Wirkung entfalten kann, brauche ich dich auf dem Rücken liegend - mit gespreizten Armen und Beinen“, hörte ich dich in ruhigem Ton sagen.

„Dein Wunsch ist mir Befehl - lass uns endlich anfangen!“, antwortete ich ungeduldig.

Im Stillen freute ich mich darüber, dass man sich bei dir immer darauf verlassen konnte, dass unsere Treffen stets in einem sexy Spiel ausarteten. Denn zum einen war dies absolut keine Selbstverständlichkeit und zu anderen gehörten dazu unbedingt zwei, die gleich locker an dieses Vorhaben herangingen.

26

Ein Mann, der nicht gerne spielte und Spaß hatte, mit dem konnte ich schlicht und ergreifend auch einfach nichts anfangen. Wobei man dann trotzdem auch noch die gleiche Sprache sprechen und in etwa die gleiche Vorstellung von Spaß besitzen musste - das war nicht einfach zu finden.

Ich entspannte mich und bemerkte das Nachgeben der Matratze, als du zu mir auf das Bett kamst. Das Nächste, das ich spürte, war ein unbeschreiblich weiches, ganz sanftes Kitzeln auf meiner nackten Haut. Es begann an meinen Füßen, arbeitete sich langsam meine Beine hinauf, wechselte immer wieder die Seite und brachte mich zum Zucken, als es über meine Hüftknochen weiter nach oben wanderte.

Ich bekam eine Gänsehaut, bei der sich alle meine Haare um einen Stehplatz zu raufen schienen und ein Schauer nach dem anderen lief über meinen Körper. Es fühlte sich fast so an, als würde mich ein warmer Sommerwind streicheln. Das war weder Samt noch Seide. Es fühlte sich definitiv noch weicher und irgendwie pelzig an. Wobei die sehr feinen Haare alle meine Sinne in Aufruhr versetzten und ich begann wohlig zu schnurren. Was für ein geiles Gefühl. Du übtest überhaupt keinen Druck aus, sodass ich nur dieses himmlisch weiche Fell fühlen konnte.

Meine Beine öffneten sich ganz automatisch noch weiter. Ich war versucht, nach dir zu greifen, beherrschte mich aber und stattdessen krallten sich meine Finger in die Matratze. Meine Muskeln spannten sich ganz von selbst an und meine Nippel richteten sich auf - schon bevor du diese berührtest.

Da ich nichts sehen konnte, war ich noch mehr auf das Fühlen konzentriert und genoss diese samtweichen Berührungen umso mehr. Wobei mein

Körper automatisch mitging und sich dir stets dort etwas entgegenwölbte, wo das Streicheln gerade am intensivsten wahrnehmbar war.

„Ich hatte überlegt, ob ich gleich den Massagehandschuh aus Nerz oder aus Lammfell kaufen sollte, aber wie es scheint, funktioniert auch das Chinchilla-Fell super - Glück gehabt", kommentiertest du amüsiert meine Reaktion.

„Das tut es - ganz unbestritten. Aber vielleicht prüfst du das am besten gleich mal ganz ausgiebig. Ich halte das nämlich nicht mehr lange aus".

Wunschgemäß konnte ich hören, wie du deine Finger kurz nass machtest und diese dann auch endlich den Weg zu meiner Muschi fanden, die schon so dringend auf ihre Begutachtung wartete. Ich stöhnte laut, als du begannst, den Bereich um meine Schamlippen mit kreisenden Bewegungen zu stimulieren. Deine Fingerkuppen strichen sanft und betörend langsam über meine empfindlichsten Stellen und ich drängte mich dir entgegen, denn ich wollte dich unbedingt stärker spüren.

Mein Becken bewegte sich auf und ab, um dich dazu aufzufordern, meine Lips endlich zu teilen und deine Finger in mich eindringen zu lassen. Das Ergebnis stellte dich mehr als nur zufrieden und ich bemerkte erfreut, dass nun auch dein Atem schneller zu werden begann.

„Nicht bewegen und nicht weglaufen. Ich bin gleich wieder da".

Wenn ich gerade an alles Mögliche gedacht hatte, aber daran ganz sicher nicht. Ich musste lächeln. Das nächste Geräusch erkannte ich sofort. Es

28

war mein Womanizer Pro. Die Idee gefiel mir und so zog ich mich unaufgefordert selbst weiter auf, um dir die richtige Platzierung direkt auf meinem Kitzler zu erleichtern. Du hast dich gar nicht erst weiter aufgehalten, sondern schnell alle Stufen durchgeschaltet, sodass die Saugwirkung schlagartig voll einsetzte. Verdammt!

Ich wollte mich ‚beschweren‘, dass das alles viel zu schnell ging, kam jedoch nicht mehr dazu. Da du mir die Maske nach hinten schobst und dann auch schon in 69iger Position über meinem Gesicht gekniet bist. Dein Ständer drängte sich mir entgegen und so vergaß ich den Protest sofort und öffnete erfreut die Lippen, um dich in mich einzusaugen. Allerdings sofort genauso dringend, wie sich das gerade auf meiner Klit anfühlte. Du schmecktest gut und ich nahm neben meiner Zunge auch noch beide Hände zur Hilfe, um dich möglichst schnell noch ein wenig größer zu zaubern. Ich wollte dich - jetzt!

Dabei verschluckte ich mich fast an deinem Schwanz, als jetzt auch noch deine Finger anfingen, tief in mich einzudringen. Ein paar tiefe, harte Stöße genügten und unter mir breitete sich eine kleine Pfütze aus, wobei meine Begeisterungsausrufe etwas dumpf klangen, da ich dich dabei natürlich weiter bespielt hatte. Weshalb sich meine Hände jetzt in deine Pobacken verkrallten und dich noch tiefer in meinen Mund eindringen ließen. Trotzdem ließ ich dir genug Raum, um deinem eigenen, inzwischen schon deutlich hektischerem Rhythmus folgen zu können und dann in mir zu kommen. Ich schluckte zufrieden dein Sperma und entspannte mich ganz langsam.

„Und was meinst du Süße - hat das pelzige Spielzeug den Praxistest bestanden?"

„Solange das Chinchilla an Altersschwäche gestorben ist, kann ich damit sehr gut leben", antwortete ich lächelnd.

## Nach der Idee einer Lady:
## K.D. Michaelis (54) aus Hannover

Bild: © K.D. Michaelis

## Das Wiedersehen

Seit unserem Blind Date sind fast zwei Wochen vergangen. Eigentlich nicht viel und trotzdem hat sich mein Leben seitdem völlig verändert.

Jeden Morgen wache ich auf und auf meinem Handy findet sich ein Guten-Morgen-Gruß von ihm. Mal ein Kuss-Smiley, mal ein ‚nettes' Foto oder eine kurze Nachricht. Mein Tag beginnt mit einem Lächeln - an jedem einzelnen Tag.

Im Arbeitsalltag ist unsere Zeit begrenzt, aber abends (meistens, wenn ich schon alleine in meinem Bett liege) telefonieren wir stundenlang. Dieser, seiner Stimme könnte ich tagelang zuhören. Sie löst in mir Wohligkeit, Gänsehaut und Verlangen aus. Aus einem ‚wie war dein Tag' wird ganz schnell mehr, viel mehr.

Ich spüre, dass es ihm gefällt, dieses Spiel zu spielen, auf das wir beide uns stets aufs Neue freuen. Das uns beide dazu treibt, selbst am Telefon vor Geilheit zu verglühen.

Am Sonntag warte ich auf seinen Anruf. Nichts passiert, fast eine Stunde lang. Dann endlich klingelt das Telefon und als ich abnehme, höre ich sein Lachen und die Frage, ob ich schon gewartet hätte.

„Was glaubst du? Natürlich nicht!", antworte ich darauf und muss ebenfalls lachen.

Er hat viel zu erzählen und ich möchte einfach nur zuhören. Dabei streichle ich meine Brüste und meine feuchtwarme Muschi. An meinen knappen

Antworten und meinem schnellen Atem merkt er, dass er einfach nur weiterreden soll. Das es mir gerade besonders gutgeht - jetzt, wo er da ist, wenn auch nur am Telefon.

Irgendwann höre ich nicht mehr zu. Da ist seine Stimme, die mich dazu treibt, mich immer weiter und weiter zu stimulieren, zu reiben, zu stöhnen. Meine Muschi ist heiß und feucht. Ich spüre, dass ich gleich komme. Ich halte kurz inne, um dieses Gefühl des ‚süßen Schmerzes, gepaart mit unendlicher Geilheit' noch ein bisschen zu verlängern.

Dann mache ich weiter, massiere meine Muschi immer schneller. Spüre wie der Saft in Strömen aus mir herausläuft. Es gibt kein Halten mehr und ich genieße meinen gewaltigen Orgasmus mit heftigem Zucken und Stöhnen.

Als ich wieder zur Besinnung komme, höre ich seine Stimme nicht mehr. Eine leichte Panik steigt in mir hoch. Hat er aufgelegt? Ich frage zaghaft, ob alles in Ordnung ist?

„Baby, du machst mich wahnsinnig", ist seine kurze Antwort und dann höre ich an seinem lauten Stöhnen, dass er in diesem Moment ebenfalls heftig abspritzt.

Als wir weiterreden, flüstern wir nur noch, obwohl uns doch niemand sonst hört.

Dann erfüllt er meinen geheimen Wunsch, indem ich ihn sagen höre: „Ich will dich wiedersehen. Dich fühlen, riechen, schmecken - ganz bald."

Ganz bald ist in fünf Tagen. Am selben Treffpunkt und zur gleichen Uhrzeit, wie beim ersten Mal.

Er gibt sich geheimnisvoll und ich habe nicht den Hauch einer Ahnung, was mich erwartet. Die Vorfreude ist groß, die Anspannung in mir aber ebenso.

Die Tage bis zu unserem Wiedersehen vergehen quälend langsam. Ich versuche mit allen Mitteln, bei unseren abendlichen Telefonaten irgendetwas herauszubekommen. Aber er bleibt standhaft und verrät nichts, wie ich schon befürchtet hatte.

Am Donnerstag fahre ich nach Münster zum Shoppen. Für den Freitag möchte ich mich besonders hübsch machen - ihn beeindrucken. Außerdem ist es eine willkommene Ablenkung durch die Geschäfte zu bummeln. Jedes Mal, wenn ich etwas in der Umkleide anprobiere und mich im Spiegel betrachte, bekomme ich eine leichte Gänsehaut. Was ich sehe, gefällt mir. Das - was ich letztendlich auswähle - unterstreicht meine schlanke Figur, die großen festen Brüste und meine langen Beine.

Als ich nach Hause fahre, ist mein Outfit komplett: Spitzenunterwäsche in flaschengrün. String und ein BH, der meine Nippel hervorlugen lässt. Dazu ein kurzer Leder-Minirock, eine durchsichtige Bluse und Overknee-Stiefel - alles in schwarz. ‚Lady in black' denke ich und muss schmunzeln.

Zuhause angekommen, stelle ich fest, dass ich immer noch sehr viel Zeit habe und beschließe joggen zu gehen. Schnell umgezogen und los. Ich laufe und laufe, aber meine Gedanken sind ganz woanders. Als ich das Wippen meiner Brüste bewusst wahrnehme, denke ich an ‚unseren' Abend und sofort werden meine Nippel groß und hart.

Eine Stunde ist vergangen. Auf meinem Handy die Nachricht, das ER es nicht erwarten kann, mich endlich wieder in den Armen zu halten. Dass die Zeit nicht vergeht und er - um sich abzulenken - im Fitness-Studio war. Ich lächle, aber ich antworte nicht.

Stattdessen begebe ich mich unter die heiße Dusche. Das tut gut. Ich seife mich ausgiebig ein, das Wasser perlt an mir herunter und da ist wieder dieses Prickeln in mir. Ich hülle mich in mein großes, weiches Badetuch und lege ein dezentes Make-up auf. Nur beim Lippenstift ,darf's ein bisschen mehr sein'. Meine Haare durchrubbeln, aufschütteln und fertig.

Mein Outfit liegt parat und nach dem Anziehen stelle ich zufrieden fest: So fühle ich mich wohl. Vielleicht noch einen Knopf mehr an der Bluse öffnen? Perfekt!

Bevor ich losfahre, schicke ich ihm eine kurze Nachricht: „Ich starte jetzt", und dahinter ein Kuss-Smiley.

Die Fahrt vergeht wie im Fluge, auch weil ich mit den Gedanken schon ganz woanders bin. Bald bin ich am Ziel - meiner Träume. Einsam und verlassen steht wieder ein Auto auf dem abgelegenen Parkplatz: seins. Wir steigen beide aus und küssen uns, als wären wir monatelang getrennt gewesen. Alles in mir vibriert, als er mich in seinen Armen hält.

Dann sagt er, ich solle bei ihm einsteigen, wir fahren woanders hin. Meine Frage wohin, bleibt unbeantwortet. Er sieht mich mit blitzenden Augen an und lächelt vielsagend. Souverän lenkt er sein Auto durch die Straßen - stadtauswärts. Weit und breit ist bald nicht mehr viel als Wiesen und Wälder zu sehen.

Zwischendurch legt er seine Hand auf meine Beine und lächelt versonnen vor sich hin. Meine Anspannung und mein Verlangen sind riesengroß. Aber als ich verstohlen zur Seite blicke, sehe ich, dass es ihm genauso geht. Reges Leben in seiner Jeans - könnte man sagen. Ich bitte ihn, unterwegs kurz anzuhalten, was ihn etwas irritiert. Aber bald darauf fährt er rechts ran.

Ich löse den Gurt, knöpfe meine Bluse noch weiter auf, sodass mehr offensichtlich, als verborgen ist. Ein kurzer Kuss, ein Lachen - weil er mich so verdutzt ansieht - und dann beuge ich mich vor und öffne den Reißverschluss seiner Jeans. Er trägt keinen Slip und so kommt direkt sein harter, heißer Schwanz zum Vorschein. Vorsichtig nehme ich ihn in den Mund - er stöhnt leise auf.

Das gefällt mir und ich fange an, zu saugen und zu lecken. Er ist wehrlos, weil er versäumt hat, seinen Sicherheitsgurt zu lösen und mir somit hilflos ausgeliefert. Ein sehr schönes Gefühl, wie ich feststelle. Während ich seinen Schwanz blase, beginnt meine Muschi zu pochen und regelrecht auszulaufen. Das hier jederzeit jemand vorbeikommen und uns beobachten kann, erregt mich total.

Immer heftiger sauge ich seinem Schwanz und ohne Vorwarnung spritzt er - unter lautem Stöhnen - in meinem Mund ab. Ihn zu schmecken, bringt mich fast um den Verstand. Ich schlucke und schlucke, um ja keinen Tropfen zu vergeuden.

Als wäre nichts gewesen, setzen wir unsere Fahrt fort. Nach einer knappen Viertelstunde scheinen wir am Ziel zu sein. Er biegt in einen engen Waldweg ein und parkt sein Auto. Wir steigen aus und müssen nur noch ein kurzes Stück zu Fuß gehen, meint er.

Die Stimmung ist ein bisschen schaurig, aber auch geheimnisvoll und aufregend. Über uns der Vollmond, der den Weg beleuchtet. Wirklich nur ein kurzes Stück und wir stehen vor einer kleinen Jagdhütte. Er schließt auf und wir treten ein.

Es ist alles vorbereitet. In dem Raum steht ein großes, frisch bezogenes Bett. Überall Kerzen, eine Schale mit Weintrauben, Sektgläser auf dem Tisch und plötzlich leise Musik im Hintergrund. Für einen Moment glaube ich zu träumen und stehe fassungslos, aber begeistert da. Dann ist er hinter mir, hält mich fest und zieht mich ganz nah an sich heran. Seine rechte Hand gleitet unter meine Bluse und streichelt zärtlich meine Brust.

Ich schaffe es, mich von ihm zu lösen, drehe mich herum und schaue ihm tief in die Augen, während ich meine Bluse und meinen BH ausziehe. Sofort beugt er sich herunter und beginnt an meinen harten Nippel zu saugen und mich mit seiner Zunge zu ‚streicheln‘, bis er spürt, dass meine Beine zu zittern beginnen. Wortlos zieht er mich langsam aus - nur meine Stiefel behalte ich an. Unter intensiven, verlangenden Küssen beraube ich ihn seiner überflüssigen Klamotten.

Dann stehen wir voreinander und genießen die Nacktheit des anderen. Mich fasziniert sein durchtrainierter Körper, die starken Arme, die mich halten und die Hände, die so unglaublich zärtlich sind. Er trägt mich aufs Bett - ganz vorsichtig, ganz zärtlich. Dann fragt er mich, ob ich ihm vertraue, was ich spontan mit ‚Ja‘ beantworte.

Daraufhin verbindet er mir langsam die Augen. Nicht jedoch, ohne sich zuvor zu vergewissern, ob das so für mich ok ist. Das ist es. Ich bin wie in einer anderen Welt: unwirklich, faszinierend, fremd und verlangend. Wie durch eine Nebelwand nehme ich die Geräusche des Waldes wahr und lasse mich in die Dunkelheit fallen. Küsse, Berührungen, Geräusche - alles spüre ich viel intensiver, als wenn ich sehen könnte.

Seine Küsse sind überall. Seine Berührungen - wie süßer Schmerz, der nicht aufhören soll. Ich weiß nicht, wie lange es gedauert hat. Minuten, Stunden? Mein Zeitgefühl war völlig dahin. Ich nehme nur unseren Geruch nach Lust und Geilheit wahr, den man nicht erklären kann und den doch fast jeder kennt.

Das raubt mir die Sinne. Mehrmals bin ich kurz vor einem Orgasmus. Dann hält er inne, aber nur kurz, um dann weiterzumachen. An seiner leisen Stimme erkenne ich, dass auch er inzwischen in meine - nur aus Geilheit und Verlangen bestehende - Welt eingetaucht ist. Eine unserer Phantasien wird gerade Wirklichkeit.

Ich darf mir etwas wünschen und bitte ihn, dass er mir seinen großen, harten Schwanz in den Mund stößt, so als würde er mich ficken. Es ist unglaublich. Ich glaube zu sterben vor Geilheit und keuche, stöhne und schwitze.

Bevor er mich wirklich durchfickt, soll ich mich mit weit gespreizten Beinen vor ihm aufs Bett knien. Da ich gerade nichts sehnlicher möchte, wie ihn ganz tief in mir zu spüren, kommt mir dies sehr gelegen. Zunächst spüre ich nur seinen heißen Atem an meiner Muschi, dann zärtlich seine Zunge. Ich habe das Gefühl, dass er dabei seinen Schwanz wichst. Er wird mich zerreißen, zumindest wird es mir so vorkommen - aber es wird ein süßer Schmerz sein.

Er leckt mich immer heftiger. Als er bemerkt, dass mein Keuchen immer lauter wird, dringt er in mich ein: schnell und tief. Ich schreie auf, vor Geilheit und Gier. Er fickt mich mit schnellen, heftigen Stößen und ich spüre wieder diese Hitze, dieses Zucken in meiner Muschi. Spüre die Spannung meiner bebenden Brüste und meine schmerzenden, steifen Nippel. Auch sein Atem geht immer schneller. Sein Stöhnen wird lauter und das facht meine Erregung noch zusätzlich an.

Der feste Klaps auf meinen strammen Po, den ich dann spüre, bringt mich um den Verstand und löst bei mir einen Orgasmus in ungeahnter Intensität aus. Immer und immer wieder überrollen mich die Wellen meiner Lust. Dann hält er inne, umklammert mich, spritzt laut stöhnend in mir ab. Lange und intensiv. Das fühlt sich einfach nur wundervoll an und ich genieße jeden Augenblick.

Total erschöpft sinken wir aufs Bett. Er nimmt mich in seine starken Arme. Sein Geruch gibt mir ein Gefühl von Geborgenheit. Langsam nimmt er mir meine Augenbinde ab und lächelt mich an. Dann folgt ein langer Kuss. Im Raum brennt nur noch eine Kerze und der Vollmond scheint durch das Fenster. Wie lange wir so gelegen haben, kann ich nicht mehr sagen. Vielleicht waren es nur Minuten, vielleicht auch eine Stunde. Wir reden kein Wort, kuscheln uns aneinander und lauschen den Geräuschen des Waldes, die von draußen leise an unsere Ohren dringen. Irgendwann ist es Zeit zu gehen. Wir ziehen uns langsam an.

Er nimmt mich in seine Arme, schaut mir tief in die Augen und flüstert: „Es war so unglaublich schön mit dir."

Ich kann nur nicken, bin noch völlig in dem gefangen, was wir gerade gemeinsam erlebt haben.

Just in diesem Moment erlischt die letzte Kerze. Wir lösen uns voneinander und gehen zur Tür. Hand in Hand gehen wir im Mondschein zurück zu seinem Auto. Er schließt auf, hält mir die Tür auf und ich setze mich hinein. Bevor er sie zuschlägt, küsst er mich keck auf meine Nasenspitze und wir lachen.

Meine Hand liegt während der Fahrt auf seinem Oberschenkel. Ich sehe ihn still von der Seite an. Er sieht glücklich aus und ich fühle mich ebenso. Erstaunlicherweise fühlt es sich nicht so an, ‚als wäre jetzt gleich alles vorbei‘, sondern eher wie ‚wir fahren gemeinsam - ohne jede Melancholie - durch die Nacht‘.

Dann sind wir auch schon an unserem Treffpunkt angekommen, an dem mein Auto parkt. Eine Weile bleiben wir noch in seinem Wagen sitzen. Wir küssen uns zärtlich - ohne viel zu reden - denn in diesem Moment scheinen Worte überflüssig. Nicht mehr lange und es wird sicher schon bald wieder hell werden. Ich will aussteigen, um mich auf den Heimweg zu machen.

Noch ein letzter Kuss und er verabschiedet mich mit den Worten: „Fahr bitte vorsichtig und melde dich kurz, wenn du wieder Zuhause bist."

Mit einem Lächeln gehe ich zu meinem Auto, winke ihm zu und fahre los - mit der Gewissheit, dass wir uns wiedersehen werden.

**Nach der Idee einer Lady:**
**Ladybird (46) aus dem Raum Borken**

Bild: © Ladybird

## Public viewing: Herr meiner Sinne

Wir hatten uns in einem Dating-Portal kennengelernt und uns für diesen Abend im Kino verabredet. Nach einer kleinen Diskussion entschieden wir uns schließlich für den ‚Herrn der Ringe‘. Zumindest würde das ein langes Date werden. Alles andere wollte ich einfach mal in aller Ruhe auf mich zukommen lassen, da dies unser erstes, reales Treffen werden würde.

Da du von außerhalb kamst, war ich schon früher in die Innenstadt gefahren, um die Karten für uns zu besorgen. Schließlich war es Wochenende und der Film würde vermutlich gut besucht sein. Nachdem dies erledigt war, hatte ich noch genügend Zeit und holte uns deshalb auch gleich noch die größte Popcorn-Box, die es gab und etwas zum Trinken dazu.

So bewaffnet, wartete ich an einem der kleinen Stehtische im Foyer des Kinos und machte mir einen Spaß daraus, mich umzusehen, wer von den Herren alleine hier zu sein schien und notfalls gefragt werden könnte, ob er sich mit mir zusammen den Film ansehen mochte. Nur für den Fall, dass du nicht erscheinen würdest.

Natürlich behielt ich trotzdem die Eingangstüren im Blick und irgendwann - kurz bevor der Film begann - sah ich dich dann doch hereinkommen. Zumindest vermutete ich, dass du dies sein musstest, denn die Ähnlichkeit mit dem mir übersandten Bild und die Größenangabe im Netz schienen zu passen. Also winkte ich mal vorsichtig in deine Richtung. Du warst ein wenig außer Atem, da die Anfahrt von Celle nach Hannover dann doch um einiges länger - als geplant - gedauert hatte.

Wir tauschten nur schnell Geld gegen Eintrittskarte und machten uns dann sofort auf den Weg zum richtigen Kinosaal. Du warst ein wenig enttäuscht, dass ich keine Karten für die obersten Ränge mehr bekommen hatte, sondern wir stattdessen - ziemlich weit vorne - in der fünften Reihe saßen.

Direkt am Gang neben dir saß nur eine ältere Dame und dann folgten du und ich. Allerdings hatten wir unsere Verabredung so kurzfristig getroffen, dass ich froh gewesen war, überhaupt noch Karten zu bekommen. Außerdem konnte man auch von hier aus, den Film bequem und gut verfolgen, weshalb ich mich ein wenig über deinen Kommentar geärgert habe, denn schließlich hätten wir den Film überhaupt nicht sehen können, wenn du die Karten besorgt hättest. Dafür warst du nun wirklich deutlich zu spät erschienen.

Ich wollte nicht weiter darüber nachdenken und mir mit diesen Gedanken den Abend verderben, bevor er richtig begonnen hatte und so beendete ich diese Diskussion, in dem ich meinem Ärger kurz Luft machte und so tat, als würde ich der Werbung lauschen, die gerade begonnen hatte. Du schwiegst ein paar Sekunden.

Dann hast du mir ins Ohr geflüstert: „Erinnerst du dich, dass ich dir vor ein paar Tagen erzählt habe, dass ich auf Sex in der Öffentlichkeit stehe?"

Ich rekapitulierte im Geiste kurz unsere Unterhaltungen.

„Ja stimmt - das hattest du in irgendeinem Nebensatz erwähnt, aber ohne - auch nur im Geringsten - näher darauf einzugehen."

Ich war ziemlich verblüfft, denn mit dieser ‚Erklärung' für deine schlechte Laune bezüglich unserer Sitzplätze hatte ich nun überhaupt nicht gerechnet. Jetzt war ich wirklich ein wenig verärgert. Auf Outdoor oder Öffentlichkeit stehen ja durchaus nicht wenige Menschen, was aber noch lange nicht bedeutet, dass automatisch jedes Treffen außerhalb der eigenen vier Wände eine Verabredung zum öffentlichen Sex ist. Ich fühlte mich ein wenig überrumpelt und das mochte ich so gar nicht.

Andererseits war ein Kinosaal nun nicht gerade der geeignete Ort, um eine laute Diskussion zu führen und für den Moment war ich mir noch nicht einmal sicher, ob ich nicht einfach meine Jacke wieder anziehen und mich verabschieden sollte. Meine Gedanken wirbelten wild durcheinander.

Vermutlich hätte ich dies vielleicht ja auch so eingefädelt, wenn mir Zuschauer beim Sex extrem wichtig wären, wenn ich den anderen noch gar nicht wirklich kannte - überlegte ich. Das Teufelchen auf meiner anderen Schulter schaltete sich - ganz wie von selbst - ein. Vielleicht würde dies so ja auch ein ganz besonders spannender Kinobesuch werden, auch wenn das - zumindest von meiner Seite aus - gar nicht geplant gewesen war. Meine Neugier und mein Spieltrieb waren geweckt und so blieb ich natürlich sitzen.

Du hattest mich still beobachtet und ich vermute, dass du an meinem jetzt deutlich freundlicheren Gesichtsausdruck gemerkt hast, dass ich mich wieder etwas entspannt hatte. Denn ich spürte deinen Arm, der sich um mich legte und deine Hand, die unter unseren Jacken meine suchte. Sanft streichelten deine Finger über meinen Handrücken. Ein Prickeln stieg in mir hoch. Ich blickte dich an und du hast mich einfach geküsst. Plötzlich schien es ganz selbstverständlich zu sein, knutschend mit dir im Kino zu sitzen, auch wenn es hier vorne doch ziemlich hell war. Dass wir uns überhaupt nicht kannten, wusste ja keiner unserer Sitznachbarn.

Ich spürte, wie sich meine feinen Härchen auf den Armen aufgrund deiner sanft streichelnden Berührungen aufstellten und mir ein Schauer über den Rücken lief, der direkt in meiner Muschi zu enden schien. Ich fühlte eine wohlbekannte Feuchte in mir aufsteigen und genoss dein Zungenspiel, das sich nicht nur auf meinen Mund beschränkte, sondern auch meinen Hals und mein Ohr einbezog.

Shit - ich bin geil - schoss es mir durch den Kopf und dazu hattest du nicht einmal zwei Minuten gebraucht. Ich war beeindruckt und musste unwillkürlich lächeln. Im Stillen gratulierte ich nicht nur dir, sondern auch meinem ganz persönlichen Teufelchen, das den Wettstreit mit meinem Kopf soeben mal wieder ganz locker gewonnen hatte. Plötzlich war ich mir sicher, dass dies ein schöner Abend werden würde, wenngleich ich diese Wendung noch vor ein paar Momenten überhaupt nicht für möglich gehalten hatte.

Es machte mich immer mehr an, dich zu küssen und zu spüren, besonders als deine Finger von meiner Hand auf meinen Oberschenkel glitten. Ich spürte, wie diese sanft über den Stoff meiner Hose in Richtung meiner Knie und dann wieder nach oben fuhren. Ich hatte das Gefühl, dass sich der Druck verstärkte, je weiter sie nach oben wanderten. Ich hielt unwillkürlich kurz die Luft an und meine Beine bewegten sich ganz von alleine etwas auseinander, um dir ein wenig mehr Raum für deine Spielereien zu gewähren. Du unterbrachst deine Küsse nur kurz, um mich um die Cola zu bitten, die ich in der rechten Hand hielt.

Mehr als nur ein bisschen irritiert von dieser plötzlichen Unterbrechung, öffnete ich die genießerisch geschlossenen Augen. Ich spürte schmerzlich das Fehlen deiner suchenden und fordernden Finger zwischen meinen Beinen.

Mir entfuhr ein leises „Ups", als ich sah, dass ich den Becher vor lauter Aufregung schon ziemlich zusammengedrückt hatte und er - trotz des Deckels - kurz vor dem Überschwappen war.

„Ich trinke lieber noch etwas davon, bevor das schiefgeht", war dein amüsierter Kommentar.

Ich musste schmunzeln, als ich dachte: es ist auch besser, wenn nur mein Slip nass wird und nicht auch noch der Rest von mir. Wie gut, dass unsere Jacken, die wir über unseren Schoß gelegt hatten, unsere Hände vor neugierigen Blicken schützten. Ich blickte auf unseren Popcornbecher, den du im rechten Arm hattest. Doch dieser lag nur ganz lässig darum, ohne jede Verkrampfung deinerseits. Wobei du sicherlich deutlich mehr Übung mit solchen Situationen hattest, wie ich. Versuchte ich mich zu beruhigen.

Ich rutschte ein klein wenig tiefer in meinen Kinosessel - vornehmlich, um etwas bequemer zu sitzen. In Wahrheit aber natürlich, um dabei auch meine Beinstellung zu ändern, ohne dass dies allzu offensichtlich war. Davon abgesehen war es mir auch ein wenig peinlich, dass mein Atem verdächtig schnell war und man mir auch ansonsten sicherlich ansehen konnte, dass ich inzwischen wirklich heiß war. Du hingegen wirktest ganz entspannt.

Nebenbei zeigte mir ein Blick auf die Leinwand, dass der Hauptfilm schon lief. Davon hatte ich nicht das Geringste mitbekommen. Ich war viel zu abgelenkt von dieser ungewöhnlichen Situation, die sich so herrlich spannend, prickelnd, aufregend, heiß und extrem sexy anfühlte. Zumindest für mich. Du schienst die Coolness in Person zu sein. Na warte, dachte ich. Das werden wir gleich ändern mein Freund!

Ich griff über dich nach dem Popcorn, um mich ein wenig abzulenken. Das brachte dich dann aber schlagartig aus der Fassung. Ich dachte nur, was ist denn jetzt schon wieder? Dann behalte die blöde Box halt. Also nahm ich dir stattdessen nur das Getränk wieder ab, damit sich deine Finger wieder mit wichtigeren Dingen, wie meiner Muschi, beschäftigen konnten. Ich versuchte mit einem Blick in deine Augen zu erkennen, ob wenigstens deine Pupillen erregt geweitet waren, was sich bei dieser geringen Beleuchtung jedoch als recht schwierig herausstellte. Du hast mich mit einem Lächeln mit Popcorn gefüttert und dann sah ich dich einen Finger auf deine Lippen legen, der mir bedeutete, ich solle leise sein.

Während ich noch dachte, dass ich ja nicht einmal Anstalten dazu gemacht hatte, etwas zu sagen, wanderte deine freie Hand unter deine Jacke. Du hobst sie etwas an und ich sah, wie du geschickt mit links deine eigentümlich aussehende Hose geöffnet hattest, die lediglich zwei Knöpfe als Verschluss besaß. Ich musste schmunzeln. Bislang war mir gar nicht klar gewesen, dass es spezielle Jeans für Exhibitionisten gab.

Natürlich trugst du nichts darunter und jetzt war ich mir mit einem Schlag sicher, dass auch du dieses Spiel heiß fandest. Denn dein Schwanz stand wie eine Eins und sprengte die jetzt offene Hose von selbst weit auf. Deine Finger schlossen sich um ihn. Sie glitten langsam und genüsslich an deinem Schaft entlang und neckten zwischendurch immer mal wieder kurz deine Spitze. Der Film war vergessen und ich sah dir fasziniert zu. Es machte mich an, dich mit dir selbst spielen zu sehen und ich rutschte nervös auf meinem Sessel herum, während ich mir zwangsläufig über die Lippen leckte. Ich sah dich lächeln.

Trotzdem warf ich einen unsicheren Blick auf die Lady neben dir. Doch du hattest das Popcorn jetzt wieder so im Arm, dass sie vermutlich nichts sehen konnte. Daher also die Aufregung vorhin - jetzt war mir das auch klar. Ich schaute noch kurz zu meinen Sitznachbarn, aber die schienen glücklicherweise von der Leinwand vor uns gefesselt zu sein und irgendwie war es mir inzwischen auch schon fast egal, was sich der eine oder andere hier denken mochte oder auch nicht.

Ich verschwendete keinen weiteren Gedanken mehr an unsere Öffentlichkeitswirksamkeit und besann mich stattdessen wieder auf meinen - kurz zuvor schon gefassten - Plan. Nämlich nicht nur deine Fingerfertigkeit zu genießen, sondern auch meine eigene Hand endlich auf Wanderschaft gehen zu lassen. Ich beugte mich vor, leckte kurz über meine Finger und schlüpfte mit meiner nassen Hand erst unter meine Jacke und von dort unter deine. Dieses Angebot war nun definitiv zu unwiderstehlich, als dass ich es hätte ignorieren können.

Ich hörte dich scharf einatmen und sah, wie du die Augen zugekniffen hast, als sich meine warmen Finger um deinen Schwanz schlossen und fest zugriffen. Ich wichste ihn langsam, während ich versuchte, die Jacken dabei nicht ins Rutschen geraten zu lassen.

Wobei sich dein Ständer immer schwerer in Richtung deines Bauches drücken ließ, je mehr er anschwoll.

Andererseits konnte ich ihn schlecht ein richtig großes und weithin sichtbares Zelt unter deiner Jacke bauen lassen. Außerdem war ich mittlerweile auch schon wieder deutlich von deinen Fingern abgelenkt, die über meinen Hügel strichen und sich heftig dagegen pressten.

Zwischen unseren Küssen murmeltest du mir denn dann auch ins Ohr: „Ich will deinen Kitzler verwöhnen."

Ich half dir nur zu gerne und öffnete den Knopf und Reisverschluss meiner Hose. Ich genoss das Gefühl deiner Finger an meiner nassen Spalte, die mit meinen Lips spielten und die Klit umkreisten. Doch du hast dir Zeit gelassen. Als kleine Aufmunterung, weil ich einfach nicht mehr warten konnte, fanden meine Finger ihren Weg zurück zu deinem Schwanz. Doch ich beließ es jetzt dabei, nur sanft über ihn und über deine Eier zu streichen. So verwöhnten wir uns eine halbe Ewigkeit gegenseitig.

Dein Mund knabberte dabei an meinem Hals und Ohr und dann rauntest du mir einfach nur zu: „Sag es."

„Fick mich mit deinen Fingern!", presste ich leise hervor.

Ich war inzwischen komplett nass und hoffte inständig, dass der Film das sicherlich vorhandene Schmatzen meiner Muschi übertönen würde. Du beugtest dich weiter zu mir herüber und hast mich hart und fordernd auf den Mund geküsst. Deine Zunge spielte mit meiner, während deine Finger sich den

48

Weg ins Innere bahnten. Drängend und eilig, wissend und spielerisch, genießend und unnachgiebig. Sie stießen immer heftiger in mich hinein und ich war extrem froh über deinen harten Kuss, der mein Stöhnen erstickte und erst endete, als ich versuchte, das Zittern meines Körpers zu unterdrücken, während ich kam. Ich hatte das Gefühl, viel zu wenig Luft zu bekommen und genoss trotzdem das Geriesel meiner gereizten Nerven, das immer noch durch meinen Körper zu spuken schien.

Inzwischen lag ich mehr in meinem Kinosessel als ich saß und hatte Mühe, die Contenance wiederzufinden. Was für ein verrückter Abend dachte ich. Als ich mich wieder etwas beruhigt hatte, streichelte ich erneut über deinen Schwanz. Irgendwann batst du mich um eine Pause. Wir versuchten, unsere Aufmerksamkeit auf die Leinwand zu lenken. Im Stillen verfluchte ich die Länge des ausgesuchten Films, denn ich hatte noch lange nicht genug. Mir war zwar klar, dass es sicherlich nicht besonders klug war, heute mit dir zu ficken, aber es würde geil sein, dessen war ich mir sicher. Deshalb sehnte ich wirklich dringend den Abspann herbei.

Es war zwar immer noch schön, mit dir zu knutschen und ein bisschen zu fummeln, aber es stillte meinen Hunger nicht, sondern verschlimmerte ihn nur. Endlich war der Film zu Ende und ich beugte mich weit über dich, um mir etwas Popcorn aus dem Pappbecher zu angeln, während du deinen Schwanz wieder verstaut und die beiden Knöpfe deiner Jeans geschlossen hast. Ich dachte darüber nach, wie deine Jacke ausgesehen hatte, als du ins Foyer gekommen warst, konnte mich jedoch nicht mehr an diese Einzelheit erinnern.

Wie sich herausstellte, hatte der kluge Mann aber auch hier vorgebaut. Denn es war eher eine Art Kurzmantel, den du jetzt wieder anzogst. Weshalb dein geschwollener Schwanz sich zwar deutlich in deiner Hose abzeichnete, aber mit dem Mantel darüber für die anderen Kinogänger nicht sichtbar war.

Wir verließen lächelnd, knutschend und Hand in Hand den Saal und gingen zu deinem geparkten Auto. Wir hatten nicht darüber gesprochen, aber es war auch so klar, dass dieser Abend hier und jetzt noch nicht zu Ende war. Wir stiegen in deinen Sportwagen und kaum, dass die Autotüren geschlossen waren, wurde unsere Küsse deutlich heißer und du hast deinen Ständer wieder aus seinem unbequemen Gefängnis befreit.

So verlockend es auch war, meine Lippen darüber zu schließen und ihn zu schmecken, so wollte ich das Risiko doch nicht eingehen. Denn du hattest ganz offensichtlich eine Rennfahrerlizenz und ich wollte dich nicht noch zusätzlich allzu sehr von dem restlichen Verkehr auf der Straße ablenken. Ich bevorzugte es, lebend bei mir Zuhause anzukommen, denn schließlich wollte ich diesen geilen Schwanz unbedingt noch in mir spüren.

Immerhin hatte ich meine Sinne noch soweit beisammen, dass ich dich durch die Stadt lotsen und auf den fest installierten Blitzer kurz vor meinem Zuhause hinweisen konnte, den du natürlich nicht kennen konntest. Nachdem auch diese Hürde genommen war, fanden wir glücklicherweise direkt vor meinem Haus auch gleich noch einen Parkplatz und liefen die Stufen zu meiner Wohnung hinauf. Wobei wir zuvor noch den Rotwein aus deinem Kofferraum geholt hatten, den du - in weiser Voraussicht - mitgebracht hatte.

Ich öffnete die Flasche und versuchte unfallfrei unsere Gläser zu füllen, während du mich schon wieder geküsst und nebenbei ausgezogen hast - genauso wie dich. Wir nahmen einen Schluck und dann waren wir auch schon auf meiner großen Couch gelandet. Ich kniete vor dir und dein Schwanz brauchte nur eine ganz kurze Anblasphase, bis er wieder aufrecht vor mir stand. Du schmecktest mindestens genauso gut, wie du rochst. Ich hatte mich umgedreht und dir meinen Hintern aufreizend entgegengestreckt und kurz darauf warst du auch schon in mich eingedrungen. Meine Muschi fühlte sich völlig ausgefüllt an und da wir beide immer noch mehr als geil waren, gab es auch kein vorsichtiges Herantasten.

Du nahmst mich wild und ungestüm von hinten und ich genoss dieses Gefühl, von dir richtig heftig durchgefickt zu werden. Genau das war es, wonach ich mich schon seit Stunden sehnte. Jetzt endlich war es soweit und deine heftigen Stöße, gepaart mit deinem und meinem Stöhnen trieben uns binnen kurzer Zeit zum Orgasmus. Ich fühlte das letzte Aufrichten deines Schwanzes tief in mir und auch ganz deutlich dein kleines Zittern und das Pumpen deines Ständers, als sich dein Sperma in mich ergoss. Wir verharrten noch einen Moment so und dann ließen wir uns einfach erschöpft, aber äußerst zufrieden auf die Seite in die Kissen fallen.

Mit einem Griff nach hinten holte ich meine große Kuscheldecke hervor und breitete sie mit Schwung - mehr schlecht als recht - über uns aus, während dein Schwanz immer noch in mir steckte. Aber ich wollte nicht aufstehen, sondern dich einfach noch eine Weile still in mir spüren. Irgendwann lösten sich unsere Körper dann doch aus ihrer Umarmung und wir tranken noch ein wenig von dem mitgebrachten Wein, bis du dich dann irgendwann verabschieden musstest.

Da dieser Film natürlich Tagesgespräch war, begegnete mir dieses Thema relativ häufig in nächster Zeit und veranlasste mich stets nur zu einem sinnlichen Lächeln und einem hübschen Sex-Flashback. Mitreden konnte ich allerdings nie, denn ich hatte auch nach meinem Orgasmus zwar auf die Leinwand gestarrt, aber so gut wie nichts von der Handlung wirklich merkbar mitbekommen. Dazu war dieser außergewöhnliche Kinobesuch einfach viel zu aufregend gewesen.

Weshalb ich mir diesen Streifen Monate später bei Bekannten nochmals - und dieses Mal wirklich bewusst - angesehen habe. Damit war dann auch diese Bildungslücke geschlossen, was aber nicht bedeutet, dass die Erwähnung oder das Zeigen dieses Films mir nicht immer noch ein strahlendes Lächeln aufs Gesicht zaubern würde.

**Nach der Idee einer Lady:**
**K.D. Michaelis (53) aus Hannover**

Bild: © K.D. Michaelis

## Sarah und Kai - die erste Session

Es war ein warmer Sommerabend. Sarah und Kai waren am See zum Schwimmen gewesen und hatten anschließend zu Hause den Grill angeworfen. Nun wollten sie den Abend bei einem schönen Glas Rotwein gemütlich ausklingen lassen.

Sie unterhielten sich über alles Mögliche. Über ihre Jobs, Bekannte bzw. Freunde und auch über ihre gemeinsamen Erfahrungen in Sachen Sex. Sarah hatte im Laufe ihrer Beziehung zu Kai festgestellt, dass ihre devote Ader wohl doch deutlich ausgeprägter war, als sie angenommen hatte.

Bislang war ein kleiner Klaps auf dem Po oder ein kräftiger Zug an den Haaren für sie das Höchste der Gefühle gewesen. Bei Kai aber stellte sie fest, dass sie gerne weitergehen würde. Wenn er sie von hinten nahm und ihr dabei kraftvoll auf den Hintern schlug, durchzuckte sie eine Lust, die sie bis dahin nicht gekannt hatte.

Auch an jenem Abend, an dem Kai spielerisch mit seinem Ledergürtel erst zärtlich, dann kräftiger auf ihre Pobacken geschlagen hatte, hatte sie eine ungeahnte Geilheit nach mehr durchfahren.

„Du, sag mal Schatz", fing Sarah an. „Warst du schon mal in einem SM-Club?"

„Ja, war ich, aber ich habe dort nur zugesehen. Zum einen hatte ich keine Spielgefährtin und zum anderen bin ich mir auch nicht so sicher, ob ich das könnte."

„Was könntest... - Schatz?"

„Na, eine Frau schlagen."

„Das machst du doch auch bei mir, wenn wir ficken. Sogar schon mal mit dem Gürtel", sagte Sarah mit einem verschmitzten Lächeln und spielte dabei mit ihren braunen Locken.

„Sarah, das ist doch ganz etwas anderes. Das ist nur so beim Sex mal ein Klaps auf deinen süßen Arsch. Das mit dem Gürtel war doch nur etwas Spielerei", antwortete Kai - mit einem geradezu arroganten Lächeln im Gesicht.

„Mir hat das schon gut gefallen, mein Liebling."

„Und jetzt willst du mehr?", fragte Kai erwartungsvoll.

„Ich sage es mal so: Ich möchte gerne mehr erfahren. Mir haben deine `Schläge´ gut gefallen und es kamen unterwartete Gefühle auf. Mich beschäftigt das jetzt schon eine ganze Weile und ich möchte für mich wissen, wie weit ich gehen würde", erwiderte Sarah und malte bei dem Wort ‚Schläge' mit den Fingern die Anführungszeichen in die Luft.

„Ohhh... - ich habe etwas bei dir erweckt?", grinste Kai fies. „Würde mich auch interessieren, wie weit ich gehen würde. Da sind schon gewisse Phantasien in meinem Kopf", lächelte er.

„Sollen wir es mal probieren? Ich habe schon im Joy nach einem Club geguckt und auch einen entdeckt. Ist ein reiner SM-Club und nur eine Stunde entfernt", lächelte sie ihn an.

55

„Donnerlittchen", sagte Kai etwas erstaunt. „Du bist ja schon ganz schön weit."

Sarah lächelte, griff nach seiner Hand, trank einen Schluck Wein und meinte dann: „Ich würde mich freuen, wenn du mich beim Sex noch mehr dominierst und mit mir spielst. Stelle ich mir jedenfalls im Kopf so vor", grinste Sarah ihn an.

„Ach, Kopfkino?", lächelte er zurück. „Dann sagst du künftig ´mein Herr´, `mein Gebieter´ oder `mein Meister´ zu mir? Und ich muss dich dann `Schlampe´, `Hure´ oder `Miststück´ nennen?", grinste er fies.

„Mein lieber Schatz. Wir wollen ja mal mit deiner Anrede nicht gleich übertreiben. Ja. OK, mein Herr würde ich mir noch gefallen lassen, aber Gebieter? Nööö... Und ein Meister? Ich weiß es ja noch nicht", grinste sie schief.

„OK. Dafür darf ich mir aber aussuchen, wie ich dich anspreche?", fragte Kai.

„Ja, sicher, mein Herr", lachte sie und gab ihm über den Tisch hinweg einen Kuss.

Nachdem sich die beiden soweit einig waren, wurde ein Termin gesucht und auch gleich der nächste Samstag festgelegt. Sie wollten beide nicht damit warten und waren neugierig darauf, wie sich der jeweils Andere so ‚machen' würde als Dom bzw. als Sub.

Jeder der beiden nutzte die verbleibende Woche dazu, sich Videos zum Thema SM anzusehen oder Beiträge und Erfahrungsberichte dazu zu lesen. Ohne zu ahnen, dass der Partner genau das Gleiche machte. Kai war immer schon ein dominanter Typ gewesen, aber das hier war auch für ihn Neuland. Trotzdem gefiel ihm, was er sah und er merkte, dass die Phantasien in seinem Kopf durchaus umsetzbar waren und das sogar mit der Frau, die er liebte.

So ging denn dann die Anmeldung für den Club pünktlich am Freitag raus und wurde auch sofort freigeschaltet. Sarah und Kai schauten sich die anderen Profile an. Er schienen viele Paare mit Erfahrung dabei zu sein. Dazu noch einige Männer, von denen viele ‚Dom' als Titel mit im Profilnamen führten. Bei den wenigen Frauen waren drei mit dem Zusatz ‚Sub' und sogar zwei Damen, die eher als Domina auftraten, angemeldet.

Als der Samstag kam, wurden beide doch sichtlich nervös. Wie würde der Abend werden? Gibt es eine neue Spielart für uns? Wird es ein Flop? Was, wenn es nur einem von uns gefällt? Wie damit umgehen?

„Lass es uns einfach ausprobieren und uns nicht den Kopf über ungelegte Eier zerbrechen", sagte Kai, der neben seiner eigenen, auch Sarahs Unsicherheit bemerkte.

„Ich denke, du hast recht, Schatz", lächelte Sarah ihn an.

„Hey! Wie heißt das für dich, Schlampe?", raunzte Kai.

„Oh. Entschuldige, mein Herr", lächelte sie zurück und beide mussten lachen.

Gegen 18.00 Uhr wurde es Zeit, sich fertig zu machen. Denn sie wollten eine Stunde später losfahren. Kai zog eine schwarze Stoffhose, ein schwarzes

Oberhemd und passende Lackschuhe an. Sie holte wieder ihr schwarzes Latexkleid heraus, das sie bereits beim ,Date' mit Rebekka getragen hatte. Sie war, wie von Kai gewünscht, slipless und trug dazu kniehohe Stiefel. Etwas Lidschatten, ein wenig Rouge und ein leicht rosafarbener Lippenstift rundeten Sarahs Outfit ab.

„Du siehst toll aus", sagt Kai. Nahm sie in den Arm und küsste sie zärtlich.

„Danke. Du auch, mein Herr", lächelte Sarah.

Auf der Fahrt zum Club unterhielten sie sich darüber, was sie dort wohl vorfinden und ob die anderen Gäste sich über diese beiden ,Anfänger' lustig machen würden. Sie verwarfen den Gedanken und waren sich darüber einig, dass sie den Abend genießen und sich ,austesten' wollten.

Kurz nach 20.00 Uhr trafen sie beim `Sodom-X´ ein. Es standen schon etliche Autos auf dem Parkplatz, wie sie feststellten. Er nahm ihre Tasche, in der sie Wechselkleidung und ihre anderen Utensilien wie Schminke usw. verstaut hatten und natürlich ihre Hand.

Er küsste sie und sagte: „Auf geht's, Schatz. Wenn du wieder wegwillst, dann sag es mir und wir gehen sofort, OK?"

„Ja, ich weiß. Aber lass uns jetzt erstmal reingehen und gucken, bevor wir Fluchtpläne schmieden."

Er lächelte sie an und führte sie zum Eingang. Vor der Tür war auf der hellgrauen Pflasterung ein großes, rotes X eingelassen. Darüber stand `Sodom´.

`OK, wir sind hier wohl richtig´, dachte Kai und klingelte.

Der Summer der Tür war zu hören und beide traten ein. Sie gingen direkt auf eine Theke zu, hinter der eine in schwarzem Leder gekleidete Frau saß und ihnen zulächelte.

„Hallo, ihr beiden", sagte sie. „Ihr müsst Sarah und Kai sein, wie ich vermute. Schön, dass ihr hier seid. Ich bin Moni. Mir gehört der Club."

„Ja, das sind wir. Sofort erkannt? Respekt", antwortete Kai.

„Ich schaue mir immer die Profile meiner Gäste an. Ich möchte schon wissen, wie die Leute so `ticken´, die in meinen SM-Club kommen. Ihr seid Neulinge, wie ich festgestellt habe und hier genau richtig. Die meisten, die hierherkommen, haben ihr eigenes Werkzeug. Aber für die Neulinge haben wir eine Auswahl an `Spielzeug´ bereitliegen, mit dem ihr herumprobieren könnt. Ihr dürft mich auch gerne fragen, wenn ihr Fragen habt. Auch die anderen Gäste sind in aller Regel sehr hilfsbereit. Ich kann euch zum Beispiel `Dom-Manuel´ als Ansprechpartner empfehlen. Er ist Stammgast und ein sehr guter Freund von mir. Er kann euch alles zeigen und erklären."

Ja, an dieses Profil erinnerten sich Sarah und Kai sofort. Laut der Beschreibung war er ein großer, muskulöser Mann von 190 Zentimetern mit knapp 100 Kilo und sehr attraktiv, wie Sarah fand.

„Euer Spind-Schlüssel", sagte Moni und reichte Kai diesen. Die beiden bedankten sich und folgten Monis Beschreibung zu den Umkleiden. Da sie ja schon fertig umgezogen waren, ging der ‚Bezug' des

Spindes recht schnell. Jacken auf die Kleiderbügel, Tasche rein und ab ins Vergnügen.

Als Sarah und Kai wieder zum Empfang kamen, stand dort schon der angekündigte Dom und lächelte zu ihnen herüber, um dann auf die beiden zuzugehen.

„Hallo ihr zwei und herzlich willkommen hier".

Er gab Kai die Hand und küsste Sarah zärtlich links und rechts auf die Wangen. Diese war von seiner Erscheinung stark beeindruckt. Kai erschien ihr vom Auftreten her schon recht dominant, aber dieser Mann - WOW! Dieser Gang, diese Stimme. Sie war sehr beeindruckt. Kein Mann für immer und mit Kai nicht zu vergleichen, aber sehr imposant.

„Ich bin Holger, oder auch Dom-Manuel. Moni hat mich gebeten, euch alles zu zeigen. Wenn ihr Fragen habt, dann einfach raus damit. Folgt mir bitte."

Ohne weitere Worte oder Blicke ging Holger voran und sie folgten ihm sprachlos. Sie waren von seiner Selbstsicherheit zu sehr beeindruckt. Holger ging zunächst mit den beiden in den Speisesaal.

„Hier könnt ihr euch stärken. Das Buffet ist bis Mitternacht voll bestückt. Ab dann gibt es nur noch Fingerfood und das, was noch da ist. Aber normalerweise kommt man damit gut über den Abend", sagte er und lächelte Sarah und Kai freundlich an.

Nachdem er ihnen das Erdgeschoss soweit gezeigt hatte, wo es außer dem Speise- und einem Ruheraum nicht viel Spannendes zu sehen gab, gingen die drei die Treppe hinauf. Rechts neben der Treppe war ein großes Regal mit vielen Fächern, in denen schon jede Menge Taschen standen, aus denen teilweise die Sex-Toys herauslugten. In einer Sitzecke saßen zwei Paare und unterhielten sich angeregt.

„Hier ist unsere Bar. Es gibt keine alkoholischen Getränke. Wir finden, dass sich SM und Alkohol nicht unbedingt vertragen", erklärte Holger.

Sarah und Kai nickten nur zustimmend. Vor der Bar saß eine junge, attraktive Frau, die mit ihrer Leine an der Theke angebunden war. Sie schaute nicht auf, als Holger sie grüßte und nickte nur zustimmend. Der Raum war relativ hell und es gab mehrere Ledergarnituren, auf denen sich einige Gäste niedergelassen hatten. Wobei ein paar Damen und auch Herren vor ihren Doms auf dem Boden knieten. Teilweise angeleint oder mit Handfesseln versehen.

Sarah und Kai folgten Holger in das erste Spielzimmer. Der Raum war sehr dunkel gehalten und es standen jede Menge Spielgeräte herum. An der Wand befand sich ein Andreas-Kreuz, an dem bereits eine Frau mittleren Alters nackt gefesselt war. Der Mann vor ihr brachte an verschiedenen Stellen Klammern an und bei jeder neuen stöhnte die Dame leicht auf.

In der Ecke im hinteren Bereich befand sich ein Käfig und daneben ein großer Ledersessel. Mitten im Raum stand ein Stahlgitter, das einem Spinnennetz nachempfunden war. Es gab Liegen, Strafböcke und Stühle jeglicher Art. Vieles davon war Sarah und Kai völlig unbekannt, aber Holger erklärte ihnen bereitwillig einige der Möbel und deren Funktion.

„Es gibt in jedem Raum Handtücher. Zudem steht auch überall ein Schälchen mit Traubenzucker, falls der Kreislauf mal nicht mehr mitmachen will. Auch findet ihr hier Spielsachen wie Peitschen, Fesseln oder ähnliches, das wir gerade für Anfänger, die noch nicht so viel oder gar kein Spielzeug haben, zur Verfügung stellen. Wenn ihr ein Spielgerät oder das Spielzeug verwendet habt, dann findet ihr in der Nähe auch immer eine Ablage mit Desinfektionsmittel und Papiertüchern. Es ist uns wichtig, dass ihr die Geräte nach der Benutzung für die nächsten Gäste wieder kurz reinigt, sobald ihr euch etwas erholt habt", lächelte Holger die beiden an.

Im Hintergrund waren aus anderen Räumen Schläge zu hören, denen meistens ein Schrei oder Stöhnen folgte. Sarahs Kopfkino lief bei dieser sexy Geräuschkulisse auf Hochtouren, während sie sich vorstellte, was dort wohl gerade geschah. Sie merkte, wie diese Erregung sie feucht machte und freute sich schon ungeduldig darauf, wohin Kai sie nach dem Rundgang und dem Essen entführen würde.

Holger führte sie von Raum zu Raum, erklärte ihnen, was sie wissen wollten und sagte dann: „So, ihr Lieben. Das waren die Räume des Clubs. Jetzt müsst ihr für euch herausfinden, was ihr ausprobieren möchtet. Ich bin immer irgendwo in der Nähe und ihr könnt mich gerne ansprechen, wenn ihr etwas wissen wollt. OK, vielleicht nicht, wenn ich gerade mit meiner Sub spiele." Er grinste. „Aber alle anderen Gäste helfen in aller Regel auch gerne, wenn sich für euch Fragen stellen. Also keine Scheu."

Sarah und Kai bedankten sich bei Holger für die Führung und entschieden sich dafür, sich erst einmal mit einem Getränk zu versorgen. Sie bestellten sich einen alkoholfreien Cocktail und gingen dann wieder nach unten, um zu essen.

Als sie am Tisch saßen, fragte Kai: „Und, mein Schatz? Wie gefällt dir der Laden?"

„Es ist spannend und aufregend", erwiderte Sarah mit einem breiten Lächeln. „Hier sind so viele unbekannte Dinge, die mich irgendwie antörnen."

„Hast du etwas gesehen, dass du gerne ausprobieren möchtest?", wollte Kai wissen.

„Du bist mein Herr und du entscheidest", grinste Sarah ihn an.

„Also gut, Schlampe. Essen wir und gucken dann, wo ich dich zum Bespielen hinführe."

Als Sarah und Kai mit ihrem Imbiss fertig waren, sagte er: „Schlampe, steh auf und folge mir!"

Sie lächelte ihn an: „Ja, mein Herr. Ich folge dir."

Kai ging Richtung Treppe und Sarah huschte hinterher. Wieder oben angekommen, musste Kai sich erst etwas orientieren. Wo war gleich nochmal der Raum, der ihn so angesprochen hatte. Ah, ja.... Er ging weiter - mit seiner Sub im Gefolge.

Sie traten ein. Ein anderes Paar war hier gerade fertig und küsste sich intensiv. Sie warfen einen Blick auf die vielen Holzbalken an Wänden und Decken. An vielen Stellen waren Haken und Ketten angebracht. Am Ende des Raums standen zwei, etwa eineinhalb Meter auseinanderstehende Holzbalken, die von der Decke bis zum Boden reichten. Links und rechts waren Ketten mit Handfesseln aus Leder angebracht. Ebenso unten für die Füße. Sarah stand lautlos hinter ihm.

Kai drehte sich um: „Zieh dich aus, Schlampe", sagte er in ruhigem, aber bestimmenden Ton.

„Ja, Herr", kam es sanft und demütig über ihre Lippen.

Sarah zog ihr Latexkleid aus und stand nackt vor Kai. Ihr Blick war gesenkt, die Beine geschlossen und die Hände vor ihrem Schoß übereinandergelegt. Sie wartete wie selbstverständlich auf seine Befehle.

„Komm hier herüber und stell dich da hin", sagte er sanft und wies auf die Stelle zwischen den Balken.

Sarah tat, wie ihr befohlen wurde. Es schien fast, als hätte sie sich in den Videos und Berichten über SM doch einiges über das Verhalten einer Sub abgeguckt. Als sie sich zwischen den Balken positioniert hatte, nahm Kai zunächst ihre rechte, dann ihre linke Hand und fesselte diese an den Balken. Straff, aber nicht zu straff, um ihr nicht das Blut in den Händen abzuschnüren.

Dann wies er sie an: „Spreize deine Beine, Schlampe."

Sarah tat, wie ihr geheißen wurde und stellte sich breitbeinig zwischen die Sparren. Kai kniete nieder und legte ihr die Fußfesseln an. Ebenso straff, wie zuvor die Handfesseln. Wie an ein Kreuz genagelt, stand Sarah völlig entblößt in ihrer ganzen Schönheit vor ihm. Ihr dunkelblondes Haar lag auf der einen Seite über ihrer Schulter und fiel auf ihre Brust. Kai

64

mochte diesen Anblick seiner Freundin. Nackt, schön und wehrlos. Was für ein schönes Bild Sarah doch jetzt abgab. Kai war sich allerdings unsicher, wie er weiter verfahren sollte.

`Diese Frau soll ich jetzt mit Schlägen verwöhnen`, dachte er bei sich und hatte die unterdrückte Angst, er würde etwas Verbotenes tun, ihr ungewollte Schmerzen zufügen oder sogar etwas kaputtmachen. Trotzdem krempelte er entschlossen seine Ärmel hoch, stellte sich ganz nah vor Sarah hin, hob ihr Kinn und schaute ihr tief in die Augen. Er streichelte über ihre Wange und küsste sie zärtlich.

„Geht es dir gut? Ist alles OK für dich?", fragte er sanft.

„Ja, Herr. Ich warte auf deine Bestrafung."

Kai war drauf und dran, sie zu fragen, was sie denn getan habe, merkte dann aber gerade noch rechtzeitig, dass sie schon längst mit ihm spielte und ihm seine Sub gab. Er legte seine Hände auf ihre wunderbaren Brüste und streichelte sie. Dann fingen seine Finger an, ihre Brustwarzen zu zwirbeln und er drückte die Nippel etwas fester zusammen. Sarah stöhnte leicht auf. Wieder streichelte er ihre Brüste. Mit einem Mal schlug er mit der rechten Hand fest gegen ihre linke Brust.

„Ahhh - ja", entfuhr es Sarah lustvoll.

Sie merkte, wie diese Spannung und dieser süße Schmerz ihre Muschi feucht werden ließ. Kais Hände kneteten jetzt fest und hart ihre Brüste und Sarah stöhnte leise vor sich hin. Dann schlug seine linke Hand fest auf Sarahs rechte Brust.

„Uhhh - ja, Herr. Ich habe es verdient."

„Ja, das hast du wohl, Schlampe."

Als Kai das sagte, griff er ihr fest zwischen ihre Schenkel auf ihre immer feuchter werdende Muschi. Er spürte, wie ihr Saft geradezu hervorschoss. Seine Hand schlug mit einem lauten Knall auf ihre Spalte und Sarah zuckte zurück, schrie lustvoll auf und stöhnte laut. Kai hatte Sarah noch nie so berührt, so hart und fest, aber ihr schien es sehr zu gefallen.

Er trat ganz nah an sie heran, packte sie fest an ihrer Muschi und flüsterte ihr ins Ohr: „Ich liebe dich, Schlampe. Jetzt wirst du leiden und mich auf Knien anflehen, aufzuhören."

„Ich liebe dich auch, Herr und wenn es so sein soll, dann soll es so sein, Herr. Mach mit mir, was du für richtig hältst."

Wieder schlug seine Hand auf ihre Brust, wieder stöhnte sie auf. Mit festem Schritt und immer sicherer werdend, ging er um Sarah herum, stellte sich hinter sie und holte aus. Mit einem lauten Knall landete seine Hand auf ihrer Pobacke, die sich sofort rot verfärbte. Sarah heulte laut auf und noch ehe sie verstummt war, spürte sie einen weiteren Schlag auf der anderen Pobacke. Wieder schrie sie vor Geilheit auf.

Er wiederholte das noch viermal und Sarah hatte das Gefühl, ihr Hintern würde glühen. Dann trat Kai dicht von hinten an sie heran, packte ihre Haare, zog den Kopf zurück und legte seine linke Hand fest knetend auf ihre Brust.

„Ist es das, was du willst, du Miststück?", hauchte er ihr ins Ohr.

„Ja, Herr, das habe ich so verdient", seufzte Sarah, die vor Lust und Geilheit nicht mehr wusste, wo ihr der Kopf stand.

Kai ging wieder um sie herum, trat dicht vor sie und schob seinen Zeige- und Mittelfinger tief in ihre triefendnasse Muschi. Sarah stöhnte laut auf, während er sie mit schnellen Bewegungen seiner Finger fickte. Ihr Stöhnen wurde immer lauter, ihre Geilheit immer heftiger, bis sie unter einem Aufschrei der Lust squirtete. Es lief in wilden Stößen immer wieder aus ihr heraus. Kai gefiel es, sie so in den Wahnsinn zu treiben und er verlangsamte seine Bewegungen erst nach und nach. Sarah atmete schwer. So einen Orgasmus hatte sie noch nie erlebt.

Erst jetzt bemerkte Kai die Zuschauer um sich herum. Zwei Paare hatten sich auf dem Ledersofa niedergelassen, schauten den beiden gebannt zu und auch Holger stand da, mit verschränkten Armen und lächelte zu ihnen herüber.

Kai war jetzt mutig geworden. Er merkte, dass Sarah noch nicht genug hatte. Er sah es in ihren Augen und an ihrem Lächeln. Nun wollte er wissen, was man mit den netten Spielsachen so alles machen konnte. Sein Blick fiel auf eine etwa einen halben Meter lange Gerte. Jetzt wollte er es aber wissen. Er ging mit der Gerte zu Sarah.

„Die wirst du jetzt zu spüren bekommen, Schlampe."

Sarah überlief ein leichter Schauer. Die Wirkung von Kais Gürtel kannte sie ja schon, aber sowas - nein. Kai stand vor ihr und holte etwas aus. Der kleine Lederlappen vorne an der Gerte klatschte laut auf Sarahs Busen.

„Ahhh", kam es aus ihr hervor. `Gott, ist das ein geiles Gefühl´, dachte sie für sich und schon schlug das Leder auf ihrer anderen Brust auf.

Wieder ein kleiner Aufschrei. Dann landete das Lederstück auf ihrem Kitzler.

Wieder gefolgt von einem lauten: „Ahhh - ja".

Er trat hinter sie.

„Du wirst jetzt jeden Schlag laut mitzählen, sodass es alle hören können. Hast du mich verstanden, Schlampe?", befahl Kai.

„Ja, Herr, ich habe verstanden."

Die Gerte knallte laut auf ihren Arsch.

„Ohhh. Eins!", schrie sie.

Wieder ein Knall.

„Ahhh, Gott... zwei!"
„Uhhh. Drei!"

Wieder ein Knall. Sarah stöhnte wieder laut auf.

„Ich höre dich nicht, Schlampe".

„Verzeihung, Herr. Vier!"

Als sie zehn gerufen hatte, hörte Kai auf und legte die Gerte beiseite. Wieder ging er um sie herum, trat vor sie und packte sie zwischen den Beinen. Sie war total nass und sowas von geil. Seine Finger fanden erneut den Weg in ihre Muschi und er fickte sie damit wild. Sarah spritzte nach einigen Sekunden und unter lautem Aufstöhnen ein weiteres Mal ab. Erschöpft hing sie in den Handfesseln und lächelte Kai zufrieden an. Er ging auf sie zu, nahm ihr Gesicht in beide Hände und küsste die leidenschaftlich.

„Ich liebe dich und das müssen wir unbedingt nochmal machen", lächelte er sie an.

„Ja, Herr, unbedingt. Aber jetzt mach mich los, bitte, Herr. Ich brauche dringend eine Pause."

Kai nahm ihr die Fesseln ab und während Sarah sich wieder in ihr Latexkleid zwängte, machte er die Geräte und den Boden sauber.

Holger trat an ihn heran und meinte: „OK, mein Freund. Wo hast du heimlich geübt? Das war echt spitze für dein erstes Mal als Dom. Meinen Respekt. Aus dir kann noch was werden."

Er lachte, drehte sich um und ging aus dem Raum. Kai nahm mit stolzgeschwellter Brust Sarah in den Arm, küsste sie sanft und meinte: „So, Subbi. Jetzt gehen wir etwas trinken und wenn du dann Lust hast, machen wir noch eine zweite Session."

„Ja, mein Liebling. Das machen wir und zu Hause können wir noch etwas üben."


**Nach der Idee eines Gentlemans:
Eisenherz2015 (50) aus Borken**

Bild: © Eisenherz2015

# Weihnachtsmarkt
## mit überraschendem Ende

Die Wochen ziehen ins Land. Mittlerweile ist es Herbst geworden. Draußen ist es schon früh dunkel und ungemütlich. Die Zeit im Jahr, in der man es sich Zuhause heimelig und gemütlich macht. Wir genießen unsere allabendlichen Telefongespräche und reden über Alltägliches, gemeinsam Erlebtes, Fantasien, Wünsche und Sehnsüchte.

Irgendwann hat er die Idee, mit mir ‚etwas ganz Normales' erleben zu wollen. Was will er mir damit sagen? Neugierig frage ich so lange, bis er damit herausrückt, dass es ein großer Wunsch von ihm ist, mit mir gemeinsam einen Weihnachtsmarkt zu besuchen - so wie dies ‚andere' auch machen. Er stellt es sich prickelnd vor, mit mir im Arm an den Ständen vorbei zu bummeln, die Atmosphäre zu genießen, ein bisschen was zu essen.

Diesen Satz vergesse ich nie: „Ich freue mich immer, wie ein Köttel im Blumenpott, wenn du bei mir bist."

Darüber muss ich herzlich lachen. Am Ende der Telefonleitung herrscht plötzlich Stille und ich habe schon das Gefühl, etwas falsch gemacht zu haben.

Da höre ich ihn sagen: „Ich liebe dein Lächeln, aber wenn du ‚so' lachst, macht mich das glücklich."

Ich lächle. Um ein Ziel zu haben, worauf wir uns freuen können, planen wir ‚unseren Weihnachtsmarkt' in zwei Wochen. Mit diesem Gedanken und voller Vorfreude, schlafe ich später wohlig zufrieden ein. Wie immer, wenn man auf etwas wartet, vergeht die Zeit bis dahin unendlich langsam. Aber dann ist der Tag da und dadurch, dass ich lange geschlafen und ausgiebig gefrühstückt habe, muss ich mich nun tatsächlich sputen.

Da es draußen inzwischen doch schon ganz schön kalt geworden ist, entscheide ich mich für meine enge, schwarze Röhrenjeans. Dazu meine cognacfarbenen Overknees und meinen kuscheligen Oversize-Pullover in der gleichen Farbe. Beim Durchstöbern meiner Dessous fällt meine Wahl spontan auf bordeauxrot: ein knapper String und ein aufregend geschnittener BH, der meine prallen Brüste gut zur Geltung bringt. Das Ergebnis kann sich sehen lassen: lässig und doch sexy.

Ich gehe ins Bad, stelle mich unter die Dusche und genieße das warme Wasser, das über meinen Körper perlt. Mit geschlossenen Augen fühlt es sich fast an, wie gestreichelt zu werden. Meine lange, lockige Haarmähne ist - wie immer - schnell gestylt: mit dem Handtuch durchrubbeln, durchbürsten, mit den Fingern durchkneten, aufschütteln und fertig.

Mein Make-Up fällt heute nicht so dezent aus: geheimnisvoll, dunkel geschminkte Smokey-Eyes und ein dunkelroter Lippenstift - so gefalle ich mir. Schnell schlüpfe ich in meine bereitliegenden Sachen. Statt Jacke entscheide ich mich für meinen langen, schwarzen Poncho. Ein bisschen Zeit ist noch übrig und so beschließe ich, in aller Ruhe noch einen Kaffee zu trinken. Versonnen lächelnd sitze ich in meinem kleinen Wohnzimmer - vor mir die Kaffeetasse. Ich bin ganz in Gedanken versunken und träume so vor mich hin. Ich freue mich auf das, was mich erwartet.

Wir treffen uns - wie immer - zur selben Uhrzeit und am selben Treffpunkt, wie jedes Mal. Als ich losfahre, ist es schon dunkel. Irgendwie erscheint mir die ganze Welt heute anders und vor allem sehr geheimnisvoll - oder kommt mir das nur so vor?

Unterwegs bin ich wieder voller Vorfreude, allerdings ist da auch dieses Verlangen, diese Lust, ihn zu spüren. Obwohl diese heute wohl ungestillt bleiben wird, denn auf dem Weihnachtsmarkt sind wir ja schließlich nicht alleine und außerdem ist es dort wirklich kalt. Trotzdem spüre ich das Pochen in meiner Muschi und dass ich immer feuchter werde, je näher ich meinem Ziel komme.

Dann bin ich an unserem Treffpunkt angekommen. Mein Herz klopft. Keiner da - ich bin alleine. Ich weiß nicht, wie lange ich ratlos und enttäuscht in meinem Auto sitze. Plötzlich leuchten dann doch zwei Scheinwerfer auf. Er ist da, parkt direkt neben mir und winkt mich mit seinem strahlenden Lächeln zu sich. Schnell verlasse ich meinen Wagen, schließe ihn ab und steige bei ihm ein.

Wir fallen uns in die Arme, er saugt den Duft meiner Haare in sich auf, küsst mich wie ein Ertrinkender, hält mich umklammert und flüstert: „Ich habe dich so sehr vermisst".

Was ich fühle, hat mit Weihnachtsmarkt absolut gar nichts mehr zu tun. Innerhalb von wenigen Minuten bin ich - vor Geilheit - überhaupt nicht mehr ich selbst. Mir ist alles um mich herum egal. Meinen Poncho habe ich abgestreift und spüre seine warmen, sanften Hände auf meinen Brüsten. Er schiebt den BH zur Seite, damit er mit meinen harten Nippeln spielen kann. Er zwirbelt sie, was mich zusätzlich stimuliert und zum Stöhnen bringt. Das scheint ihm zu gefallen.

Ich will mehr und schnell streife ich mir den Pullover über den Kopf, entledige mich meines BHs und biete ihm meine Brüste regelrecht an. Ich möchte seine Lippen spüren, mich mit ihm auf einer Woge von Lust einfach treiben lassen. Er weiß, was ich brauche und gibt mir reichlich davon.

Einen Orgasmus nur davon zu bekommen, dass mich jemand streichelt, küsst und intensiv an meinen Brüsten saugt, das kenne ich nicht. Trotzdem bin ich gerade kurz davor. Spüre, wie meine Muschi brennt und vor Verlangen pocht - völlig nass ist.

Lust und Vernunft ist eine Kombination, die es eigentlich nicht gibt. Trotzdem gebiete ich ihm Einhalt. Ich will dieses Spiel unbedingt noch etwas länger genießen. Längst habe ich bemerkt, dass es in seiner Jeans eng wird. Sein harter Schwanz zeichnet sich deutlich ab. Ich öffne seinen Reißverschluss und sogleich kommt dieser herrliche Schwanz zum Vorschein. Sofort beginne ich, mit meiner Zunge daran zu spielen und ihn zu lecken. Er stöhnt leise auf. Immer intensiver, immer schneller werden die Bewegungen meiner Zungenspitze. Er windet sich leicht und sein Stöhnen wird lauter. Seine Augen sind geschlossen - er genießt es sichtlich.

Abrupt nehme ich seinen Schwanz in meinem Mund auf - ganz tief. Genauso, wie wir beide es lieben. Ein kurzes Aufbäumen, ein lautes Stöhnen und ich halte still. Für einen Moment fühle ich dieses sexy Pulsieren in meinem Mund. Dann mache ich weiter, sauge mal fester, dann wieder sanfter. Seine Lust steigert sich schnell. Ich beginne seinen Schwanz zu blasen. Zuerst ganz langsam, dann schneller, zwischendurch halte ich immer mal wieder inne.

Er leidet regelrecht und ich genieße das. Genauso wie meinen eigenen, süßen Schmerz, der sich in meinem Körper breitmacht. Meine Muschi ist heiß, nass und pochend, meine Nippel brennen. Das Beben meiner großen Brüste verstärkt dieses Gefühl noch zusätzlich. Um ihn zu erlösen, blase ich weiter seinen Schwanz. Intensiv, fest saugend, mit schnellen Auf- und Abwärts-Bewegungen meines Kopfes. Umschließe ihn eng mit meinen Lippen. Sein Stöhnen wird lauter.

Immer wieder bäumt er sich auf und dann schmecke ich seine ersten Lusttropfen. Ich mache weiter, immer weiter und dann ist es soweit. Mit lautem Stöhnen spritzt er in meinem Mund ab. Mir wird schwindelig vor Lust und ich schlucke alles. Er schmeckt einfach herrlich.

Diesmal ist er es, der uns keine Pause gönnt. Fast übergangslos, öffnet er meine Jeans, streift sie herunter und ich schlüpfe schnell heraus. Nicht, ohne mich auch gleich noch von meinem String zu befreien. Diesen Moment nutzt er, um an meinen Nippeln zu saugen und dabei meine Brüste zu kneten. Dann ein kurzer Schmerz, der mich fast in den Wahnsinn treibt. Ein leichter Biss in meinen Nippel. Ich schreie vor brennender Lust laut auf.

Seine Hände wandern weiter zu meiner - inzwischen tropfnassen - Spalte. Er reibt meinen Kitzler - sanft und zärtlich. Zwischendurch schiebt er einen Finger in meine heiße Muschi. Ganz kurz, aber dafür tief. Mein Stöhnen quittiert er mit leichtem, wohligem Knurren. Auch er lässt mich noch ein bisschen leiden. Meine Gier nach mehr gefällt ihm.

Als ich schon glaube, vor Geilheit den Verstand zu verlieren, beginnt er, meinen Kitzler weiter zu stimulieren. Dieses Mal intensiver, fester und schneller.

Mir wird heiß, ich stöhne, keuche: „Bitte hör jetzt nicht auf" und dann geht alles ganz schnell.

Es folgt ein Orgasmus, der mir fast die Sinne raubt. Ich bäume mich auf und schreie meine Lust heraus. Er hält mich fest in seinen Armen, küsst mich zärtlich und unendlich lang. Jedenfalls kommt es mir so vor. Völlig unerwartet, stößt er mir zwei Finger in meine immer noch heiße, nasse Muschi.

Ich keuche nur: „Jaaa, mach weiter".

Ich will mehr. Dann füllen drei Finger mein heißes Loch und er fingert mich - hart und fest. Wie willenlos liege ich mit geschlossenen Augen auf dem Beifahrersitz und bestehe nur noch aus dieser Hitze in mir und aus meiner Geilheit. Ich spüre, wie der Saft in Strömen aus meiner Muschi läuft. Immer schneller, immer fester und dann folgt schon mein nächster Orgasmus. Heftig und urplötzlich. Ich spritze ab und schreie vor Lust. Er hört nicht auf, fickt mich immer weiter und ein Orgasmus nach dem anderen überrollt meinen Körper. So etwas habe ich noch nie erlebt und vorher auch nicht einmal für möglich gehalten.

Wohlig entspannt, halten wir uns umschlungen. In Gedanken noch bei dem, was wir soeben erlebt haben. Dann wird uns kalt und wir ziehen uns langsam an, denn eigentlich wollen wir ja noch immer zum Weihnachtsmarkt. Die Fahrt dauert nicht lange und zudem haben wir auch bei der Parkplatzsuche noch Glück.

Viele Menschen, Stände, Lichter und angenehme Gerüche. Eben genau so, wie man sich einen großen Weihnachtsmarkt vorstellt. Wir bummeln mal engumschlungen, dann wieder händchenhaltend. Zwischendurch küssen wir uns. Hier und da bleiben wir stehen und sehen uns die Angebote ein wenig näher an. Wir reden leise miteinander.

Ich muss oft lachen und sehe, wie sehr er es genießt, mich so zu sehen. Irgendwann bekommen wir Hunger, haben aber noch nichts gefunden, worauf wir wirklich Appetit hätten. Plötzlich bleibt er stehen, hält mich an den Schultern und fragt mich, ob ich ihm vertrauen würde.

Etwas irritiert, antworte ich: „Das weiß ich noch nicht" und lache ihn an.

„Lass uns gehen", antwortet er. „Ich weiß, wo wir lecker essen können und ich hoffe, es wird eine schöne Überraschung für dich werden."

Ich liebe seine Überraschungen. Also machen wir uns auf den Weg zu seinem Auto. Meine Frage, wohin wir fahren, ignoriert er lächelnd. Souverän lenkt er seinen Wagen stadtauswärts. Im Radio erklingt leise Musik. Wir schweigen, aber es liegt eine unheimliche Spannung in der Luft. Ich überlege still, was er mit ‚Essen und Überraschung' gemeint haben könnte?

Nach ungefähr einer halben Stunde Fahrt parken wir vor der ‚Lagune'. Das Gebäude sieht für mich jetzt nicht unbedingt wie ein Lokal aus, aber vielleicht ist das ist ja die Überraschung? Dass er eine Tasche aus dem Kofferraum holt, nehme ich nicht bewusst war.

Irgendwie wirkt die ganze Situation auf mich ein wenig befremdlich. Er muss an der Tür klingeln, die erst daraufhin geöffnet wird. Wir werden freundlich empfangen - ein bisschen Small-Talk mit der Dame, die uns - aufreizend gekleidet - die Tür geöffnet hat. Ich bin verwirrt. Er fragt mich, ob wir bleiben sollen. Diese ungewöhnlichen Eindrücke lassen mich nur wortlos nicken. Er bezahlt und nimmt einen Schlüssel in Empfang. Bis ich begriffen habe, dass wir in einem Swingerclub gelandet sind, dauert es noch einen Moment.

Ich stelle fest, dass ich für so ein Event keine passende Kleidung anhabe. Das gefällt mir gar nicht. In der Umkleide sind einige Paare dabei, sich umzuziehen. Was ich sehe, gefällt mir sehr und mehr und mehr macht sich bei mir ein angenehmes ‚Kribbeln auf der Haut' bemerkbar. Jetzt erst bemerke ich die mitgebrachte Tasche. Er öffnet sie und lächelt, wie ein kleiner Junge, den man bei etwas Verbotenem ertappt hat.

Zum Vorschein kommt ein schwarzglänzender BH mit passendem, knappem String für mich sowie ein paar rote High-Heels, die jede Sünde wert sind. Ich ziehe mich langsam aus und schlüpfe in die Dessous. Er schaut mir zu und lächelt. Seine Augen glänzen. Der BH bringt meine Brüste sehr vorteilhaft zur Geltung und aus den Öffnungen der Cups stechen schon jetzt meine Nippel hart und groß hervor.

Er hat für sich - dazu passend - eine knappe, schwarze Boxershorts ausgewählt, die deutlich ahnen lässt, was sich darin verbirgt. Schnell schlüpfe ich in die fantastischen Schuhe. Vor einem Spiegel bleiben wir stehen. Er hinter mir - sein Arm umfängt mich und liegt auf meinem straffen Bauch. ‚Wow', denke ich mir.

Gemeinsam gehen wir in Richtung Bar, um erst einmal etwas zu trinken. Ich spüre die Blicke der anderen Gäste. Er an meiner Seite: groß, muskulös, sonnengebräunt und gutaussehend. Die Stimmung ist gelöst, locker, angenehm und alle sind ausgesprochen freundlich. Wir haben gleich das Gefühl, dazu zu gehören. Schnell kommen wir mit anderen in Kontakt und unterhalten uns über alles Mögliche. Es wird viel gelacht.

Dann erinnern uns unsere knurrenden Mägen daran, dass wir ja eigentlich essen gehen wollten. Ich trinke meinen Sekt aus, stelle das Glas auf den Tresen und wir machen uns erstmal auf zum Buffet. Die Auswahl ist reichlich, toll arrangiert und macht Appetit.

Es gefällt mir, mich in meinem Outfit zu zeigen und auch, die anderen Gäste zu beobachten. Ein Knistern liegt in der Luft. Da die Anzahl der Sitzplätze begrenzt ist, kommen wir beim Essen - fast schon automatisch - mit einem netten Paar unseres Alters ins Plaudern.

Unser erster Gang führt uns danach in die Dusche, um uns ein wenig frisch zu machen. Gegenseitig seifen wir uns ein und trocken uns ab. Die Atmosphäre ist prickelnd. Nachdem wir uns wieder angezogen haben, gehen wir Hand in Hand durch die Gänge.

Überall herrscht reges Treiben. Gedämpftes Licht, Stöhnen und der Geruch von Geilheit liegt in der Luft. Mein Blick fällt auf Frauen, welche die Brüste anderer Ladies kneten und sinnlich an ihnen saugen, während sie von hinten gefickt werden. Eine Frau, die vor drei Männern kniet und abwechselnd deren große, harte Schwänze bläst.

Frauen, die sich gegenseitig ihre Mösen lecken und sich anschließend gegenseitig zum Orgasmus fingern. Eine junge Frau, die einen wesentlich älteren Mann reitet. Ich sehe, wie sein harter Schwanz immer wieder in ihrer Muschi versinkt. Er stöhnt heftig und laut. Von ihr hört man zunächst nichts. Dann ihr Aufbäumen, ein langer Schrei und ein Zucken das nicht enden will - so scheint es. Sie sinkt auf ihm zusammen. Er nimmt sie in die Arme und legt sie auf den Rücken. Kniet sich vor sie, legt ihre Beine auf seine Schultern und fickt sie weiter. Sie wimmert leise lustvoll, als er kurz darauf heftig in ihr abspritzt.

Wir gehen weiter und er fragt mich, ob es mir gefällt und ob es mir gut geht. Ich nicke wortlos. Eine fremde Welt, die mich total erregt. Ein Blick auf seine Boxer-Shorts zeigt mir, dass es ihm genauso geht. Ich lächle, denn ich weiß, der Abend wird noch sehr aufregend.

Im nächsten Raum tummelt sich ein Paar ganz alleine auf einem großen Bett. Scheinbar schon etwas länger, denn die Geilheit der beiden ist schon enorm. Sie sieht mir mit verschleiertem Blick in die Augen. Meine Muschi fängt gewaltig an zu pochen und wird total feucht. Sie ist etwas molliger und hat - dementsprechend - unglaublich große Brüste, mit riesigen Nippeln. Plötzlich ist der Wunsch da, diese Brüste zu kneten und an diesen Nippeln zu saugen, aber ich traue mich nicht.

Unter ihrem Stöhnen und Keuchen höre ich sie zu ihrem Mann sagen, dass er sie ficken soll. Sie kniet sich vor ihn hin. Er wichst seinen Schwanz für einen kurzen Moment, danach reibt er kräftig ihre nasse Spalte, fickt kurz mit zwei Fingern ihre Muschi, was sie dazu bringt, laut zu stöhnen. Was ihn meinen Ohren klingt, als würde sie um Erlösung bitten. Als er seine Finger aus ihrer Spalte herauszieht, sind diese patschnass.

Damit massiert er sie vorsichtig anal, drückt seine Finger immer noch ein bisschen tiefer hinein. Sie bettelt, fleht und endlich setzt er seinen Schwanz an ihre Rosette und gleitet langsam in ihren Arsch. Sie schreit auf - vor Lust. Er hält zunächst inne, beugt sich vor und knetet fest ihre Brüste. Sie tut mir fast leid. Ich kann gerade sehr gut nachfühlen, wie es ist, vor Geilheit fast zu sterben.

Endlich richtet er sich auf und beginnt sie zu ficken. Ich habe noch nie solche Lustlaute von einer Frau gehört. Es dauert nicht lange, als sie zum Orgasmus kommt - laut keuchend und wild zuckend.

Wir gehen weiter zum nächsten Raum. Eine kleinere Spielwiese, auf der nur eine Frau und ungefähr zehn Männer zugegen sind. Ich sehe, wie sich die Frau lächelnd die Augen verbinden lässt, ihren Partner intensiv küsst und danach ihren Kopf auf seinen Schoß legt. Er streichelt ihre Brüste, während sie ihre Beine weit spreizt und sich selbst - vor den Augen aller - ihre Muschi streichelt.

Die anderen Männer stehen mit mehr oder weniger harten Schwänzen davor und sehen gebannt zu. Einige wichsen. Gab es ein geheimes Zeichen, von dem ich nichts bemerkt habe? Jedenfalls kniet sich einer der Männer vor sie hin und dringt langsam in sie ein. Sie stöhnt leise, als er anfängt, sie zu ficken.

Mir ist dies alles völlig fremd, aber es macht mich unglaublich geil. Mein ‚Begleiter' bemerkt dies sofort, stellt sich dicht hinter mich und reibt zwirbelnd meine Brüste. Für einen Moment schließe ich die Augen und gebe mich diesem Gefühl einfach hin.

Als ich sie wieder öffne, sehe ich, wie die Frau von dem nächsten der Männer gefickt wird. Ihre Lust steigert sich immer mehr, sie stöhnt lauter, windet sich. Derweil gehen seine Hände tiefer, schieben meinen String beiseite, reiben meinen Kitzler und ich höre ihn sagen, wie geil es ihn macht, mich so nass zu erleben. Er reibt weiter und weiter, meine Beine beginnen zu zittern und ich bin kurz vor einem Orgasmus. Die Umgebung, die Geräusche, das was ich sehe, dies alles raubt mir den Verstand. Eine fremde Welt und ich bin ein Teil davon. Ich bitte ihn um eine Pause. Ich will nichts von dem Schauspiel verpassen, das sich da gerade vor unseren Augen abspielt.

Diese anderen Männer, sie ‚bedient' einen nach dem anderen. Sie scheint in einer Art Dunkelheit gefangen zu sein und das Eindringen in ihre Muschi stets aufs Neue zu genießen, ohne zu wissen, wann dieses Spiel endet. Sie schwitzt und stöhnt. Dann der letzte der Männer. Ich traue meinen Augen kaum. So einen riesigen Schwanz habe ich noch nie gesehen. Er setzt an und mit einem Ruck stößt er zu. Sie schreit auf. Er fickt sie hart und tief - ihre Brüste beben. Seine Bewegungen werden immer schneller und ihr Stöhnen immer lauter. Dann ist es soweit. Ein wildes Zucken und ihr lautes Brüllen begleiten einen heftigen, langen Orgasmus, bei dem ihr Saft in einem dicken Strahl aus ihrer Muschi schießt.

Wir gehen hinaus. Ich will nichts mehr sehen - will nur noch selbst fühlen und spüren. Im nächsten Raum, in dessen Mitte nur ein großes Metallbett steht, sind wir alleine. Wir legen uns darauf und beginnen uns sofort intensiv zu küssen und zu streicheln. Das Verlangen und unsere Gier aufeinander sind kaum auszuhalten.

Ich lege mich auf den Rücken, schließe meine Augen und halte mich am Metallgitter über meinem Kopf fest. Er kniet sich vor mein Gesicht, sodass ich ausgiebig seinen glühend heißen, harten Schwanz blasen kann. Plötzlich bittet er mich aufzuhören und meine Augen geschlossen zu halten.

Ich spüre seine Zunge in meiner Spalte - intensiv und doch wie durch eine Nebelwand. Ich wünsche mir nur noch, ihn tief und heftig ihn mir zu spüren. Wie lange er mich geleckt hat, kann ich nicht mehr sagen. Mehrmals war ich kurz vor einem Orgasmus. Doch jedes Mal hielt er dann kurz inne.

Seine Hände streicheln meine Brüste, gefolgt von einem heftigen Saugen an meinen brennenden Nippeln und dann endlich dringt er in mich ein. Fickt mich sogleich mit tiefen, festen Stößen. Dieses Mal kann ich mich fallenlassen. Ich weiß, er treibt mich jetzt direkt zum Orgasmus.

Ist es ein Traum? Ich spüre noch immer die Hände auf meinen Brüsten, dieses heftige Saugen an meinen Nippeln und noch kurz seine heftigen Stöße. Dann überrollt mich ein heftiger Orgasmus und im gleichen Moment, spüre ich, dass auch er abspritzt - intensiv und lange. Mit geschlossenen Augen bleibe ich noch einen kurzen Moment liegen. Als ich langsam wieder zu mir komme, glaube ich immer noch zu träumen. Auf unserem Bett - ganz dicht neben uns, liegt ein weiteres Paar, das ich bis dahin überhaupt nicht wahrgenommen habe.

Während sie sich sanft streicheln, schaut sie mich an und fragt: „Wie hat dir es gefallen?"

Da fällt es mir wie Schuppen von den Augen. Das waren die Berührungen gewesen, die ich zwar gespürt, aber nicht hatte zuordnen können. Wir waren gar nicht alleine gewesen. Wären die beiden von Anfang an dagewesen, hätte ich mich sicherlich gesträubt. So aber, war dies zu einem Erlebnis der ganz besonderen Art geworden.

Wir brauchten jetzt dringend eine Pause und eine Dusche, um wieder zur Besinnung zu kommen. Also erhoben wir uns und überließen die beiden ihrer Lust und Zweisamkeit. Nachdem wir uns erfrischt hatten, setzten wir uns unten an die Bar, bestellten uns ein Getränk und unterhielten uns noch eine Weile mit einigen anderen Gästen.

Irgendwann konnten wir die aufkommende Müdigkeit nicht mehr ignorieren und so machten wir uns auf den Weg zu den Umkleiden. Unterwegs kam uns das andere Paar entgegen. Sie lächelte mich an, kam auf mich zu, nahm mich in die Arme und küsste mich intensiv auf den Mund, sodass mir ein Schauer der Wohligkeit über den Rücken lief.

Mit den Worten: „Es wäre schön, euch mal wiederzusehen", setzten sie ihren Weg Richtung Bar fort.

Wenig später saßen wir in seinem Auto - schweigsam, aber uns doch so nahe und noch ganz beeindruckt von den Erlebnissen dieses Tages. Er brachte mich zurück zu unserem Treffpunkt. Unser Abschied war total liebevoll und zärtlich. Ein Versprechen für kommende, aufregende Abenteuer zu zweit.

**Nach der Idee einer Lady:**
**Ladybird (46) aus dem Raum Borken**

Bild: © Ladybird

## Schau mir in die Augen Honey

Ich lag gerade ganz entspannt auf meinem großen Sofa und schaute einen Tierfilm - auf dem neuen Kabelsender ServusTV, den ich erst seit einigen Wochen bei mir abgespeichert hatte. In der Pause folgte ein Werbespot, der mich sofort aufhorchen ließ, denn es ging um die MotoGP. Schlagartig war ich richtig wach. Der Sprecher erzählte, dass auf diesem Sender alle 19 Rennen der Saison 2019 der Motorrad-Königsklasse an jedem Renn-Wochenende live übertragen wurden.

Ich freute mich sehr über diese Neuigkeit, denn ich kannte das nur aus meiner Heimat. Dort hatte der - auch in Südbayern frei empfangbare - ORF stets nicht nur die Formel 1, sondern auch die Motorradrennen live übertragen. Im gleichen Moment hatte eine verrückte Idee, von der ich wusste, sie würde dir bestimmt gefallen! Denn so konnte ich deine zwei größten Leidenschaften verbinden: Motorradrennen und Sex. Ich schmunzelte in mich hinein. Je länger ich darüber nachdachte, umso besser fand ich diesen spontanen Einfall und ich bekam eine leichte Gänsehaut vor Vorfreude, da mich das Dröhnen der Rennbikes stets an dich und damit natürlich auch an geilen Sex erinnerte.

Ich setzte mich an den Rechner und recherchierte kurz, dass die Rennen am kommenden Sonntag ab 14.20 Uhr live übertragen wurden. Angefangen bei Moto3 und Moto2, gefolgt von MotoGP. Die Übertragung sollte bis 18.45 Uhr dauern - das gefiel mir. Also öffnete ich auch gleich noch mein WhatsApp am PC und lud dich für Sonntag um 14 Uhr zum Kaffee ein. Von dem Fernsehprogramm verriet ich allerdings kein Wort, nur dass ich mir für dich die eine oder andere Überraschung hatte einfallen lassen.

Das reichte, um dich neugierig zu machen und die merkwürdige Uhrzeit für unser Treffen vergessen zu machen. Ich freute mich schon sehr auf dein sicherlich überraschtes Gesicht, denn ich wusste, du hattest Zuhause keinen Kabelanschluss und da dieser ursprünglich österreichische Sender noch recht neu war in Deutschland, war ich mir fast sicher, dass du davon noch nichts mitbekommen hattest.

Ich überlegte weiter. Was brauchte ich noch - selbstgebackener Kuchen wäre gut. Aber welcher? Ich brauchte ein Rezept, zu dem man geschlagene Sahne reichen konnte. Also schnell ab in die Küche und meine Rezeptsammlung hervorgeholt. Ich entschied mich für einen Kirsch-Streuselkuchen - den würdest du mögen. Nachdem die noch fehlenden Zutaten auf dem Einkaufszettel standen, ging ich ins Schlafzimmer und holte meine beiden Kisten mit den sexy Outfits hervor.

Das schwarze, durchsichtige Babydoll mit der hübschen Spitze über den Körbchen war genau das Richtige, um es unter der roten Bluse durchblitzen zu lassen. Ein schwarzer, kurzer, enger Rock dazu - nebst Halterlosen und den schwarzen, hohen Overknee-Stiefeln. Perfekt!

Der Rest der Woche zog sich, doch irgendwann war es dann doch endlich Sonntag geworden. Die Wohnung duftete nach Kuchen und ich war fertig umgezogen. Allerdings hatte ich absichtlich den Couchtisch eingedeckt und nicht den Esstisch. Ich öffnete dir die Türe und du hast mich stürmisch begrüßt - auch wenn dir das sexy Outfit zuerst einen überraschten Ausruf entlockte, bevor du mich entsprechend begeistert geküsst hast.

„Wow - du siehst toll aus! Haben wir noch etwas vor? Wenn ich das gewusst hätte, hätte ich mich auch anders angezogen. Ich dachte, wir bleiben heute Nachmittag hier bei dir", kam deine leicht verwirrte Nachfrage.

Ich lachte nur und versicherte dir, dass du genau richtig angezogen warst und wir nicht ausgehen würden. Damit küsste ich dir das Stirnrunzeln fort und bat dich, es dir auf der Couch gemütlich zu machen. Während ich unsere Baileys-Cappuccini vorbereitete. Mit dem Kaffee bewaffnet, folgte ich zu dir ins Wohnzimmer.

„Haben wir etwas zu feiern oder habe ich einen Monats- oder Jahrestag vergessen", war deine nächste, verblüffte Frage.

Ich amüsierte mich darüber, dass dir zwar klar war, dass hier heute einiges anders lief wie gewohnt, du aber überhaupt keinen Plan zu haben schienst, worauf ich hinauswollte.

Aber ich wollte dich gerne noch ein bisschen im Unklaren lassen und deshalb antwortete ich nur: „Lass dich einfach überraschen und genieß den Tag Honey".

Bevor ich mich zu dir setzte, schaltete ich im Vorbeigehen noch schnell den Fernseher ein und griff mir die Fernbedienung, um den richtigen Sender auszuwählen.

„Senden deine beiden Porno-Kanäle jetzt schon vor 20 Uhr?", wolltest du wissen.

„Nein - leider nicht", lachte ich. „Aber das Programm hier ist fast so gut".

„Jetzt bin ich aber gespannt", antwortest du neugierig.

„Geht gleich los. 5 Minuten musst du dich noch gedulden", grinste ich.

In der Zwischenzeit lud ich dir ein Stück Kuchen auf den Teller - gekrönt von einem ordentlichen Schlag der nur leicht gesüßten Sahne.

Du warfst mir einen leicht süffisanten Blick zu und konntest es nicht lassen darauf hinzuweisen, dass man Sahne ja eigentlich am besten auf nackter Haut serviert.

„Ich weiß. Aber keine Sorge, wir haben genug davon", antwortete ich mit einem Zwinkern in Richtung der Sahneschüssel.

Dann unterbrach der Beginn der Live-Übertragung unsere Unterhaltung und ich stellte erfreut fest, dass dieser Teil meiner Überraschung schon einmal die gewünschte Wirkung zeigte, denn die beladene Kuchengabel legte auf einmal eine Pause auf dem Weg zu deiner Futterluke ein.

Es folgte ein überraschter Ausruf deinerseits: „Seit wann gibt es denn MotoGP im Fernsehen?". Ich klärte dich kurz auf, dass erst die kleineren Klassen liefen und dann die MotoGP. Motorradrennen und Hintergrundberichte bis kurz vor 19 Uhr. Du sahst aus, wie ein kleiner Junge vor dem Weihnachtsbaum.

Mit so viel Begeisterung hatte ich gar nicht gerechnet. Okay - mal sehen, ob der Rest meines Planes jetzt überhaupt noch - wie gewünscht - funktionierte. Ich war mir auf einmal nicht mehr so sicher, ob ich deine ungeteilte Aufmerksamkeit gleich tatsächlich für mich würde verbuchen können. Aber dann beschloss ich, dass es zumindest einen Versuch wert war. Mal sehen, ob du mitspielen würdest. Auch wenn die Herausforderung jetzt plötzlich deutlich größer schien, als ursprünglich gedacht. Egal, da musste ich jetzt durch.

Nachdem wir eine Weile aneinander gekuschelt das erste Rennen verfolgt hatten, stand ich auf und ging - mit der Sahneschüssel bewaffnet - langsam zum Esstisch, der neben dem Fernseher direkt in deiner Blickrichtung stand. Ich schob langsam meinen eh schon kurzen Rock nach oben, sodass nicht nur der Blick auf den Spitzenrand der Strümpfe frei wurde, sondern du auch genau sehen konntest, dass ich nichts darunter trug.

Ich beobachtete gespannt deinen Gesichtsausdruck, während ich auf der vordersten Ecke des Esstisches Platz nahm, meine Beine spreizte und mit der Hand über meinen Hügel streichelte. Du schienst gleichermaßen überrascht, wie begeistert. Sehr gut. So hatte ich mir das vorgestellt. Als du jedoch Anstalten machtest aufzustehen, stoppte ich deinen Bewegungsdrang kurzerhand.

„Schau mir erst eine kleine Weile zu, bevor du dann gerne zu mir herüberkommen kannst. Ich finde dieses kleine Spiel spannend und würde dir umgekehrt auch gerne zusehen, wenn du dabei mit deinem Schwanz spielst".

„Das halte ich aber nicht lange durch - das ist dir schon klar, oder?"

„Keine Sorge. Ich auch nicht", entgegnete ich lachend und begann ganz langsam meine Bluse Knopf für Knopf zu öffnen und diese anschließend abzulegen, sodass mein schwarzes Babydoll zum Vorschein kam.

Dabei streichelten meine Hände sanft über meinen Bauch hinauf zu meinen Möpsen, um sie zu umfassen. Dann öffnete ich die Schleife im Nacken - welche die Spitze hielt - und klappte anschließend die Körbchen nach unten. Frei zugänglich konnte ich nun meine Nippel umkreisen und ein wenig hineinkneifen, sodass sie steif abstanden. Kurz zwei Finger in die Schlagsahne getaucht und dann damit hübsche Kreise um meine harten Brustwarzen gezogen. Ich leckte meine Finger wieder sauber und entfernte dann langsam auch die Sahne wieder von meinen Möpsen, die ich genüsslich verspeiste. Dabei hatte ich dich stets im Blick und freute mich darüber, dass dir diese kleine Vorstellung offensichtlich gefiel. Denn nun begannst du, deine Hose zu öffnen und diese hektisch abzustreifen.

So motiviert, ließ ich meinen Mittelfinger tief in meinen Mund eintauchen, um ihn dann nass wieder nach unten wandern zu lassen. Ich hatte mich etwas zurückgebeugt, sodass du genau verfolgen konntest, wie dieser mit meinen Schamlippen spielte. Dabei tippte ich anfangs immer wieder leicht auf meinen Kitzler und teilte dann meine Lips, um die Nässe reibend zu verteilen, was man inzwischen - trotz des Motorenlärms aus dem Fernseher - hören konnte. Ich lächelte, fasste mit der freien Hand ganz automatisch an meinen Hals, leckte mir über die Lippen und schnurrte leise vor mich hin.

Ich wechselte immer wieder zwischen meiner Klit und meiner Muschi hin und her und steigerte allmählich den Druck und die Geschwindigkeit. Wobei ich deutlich die harte Ecke des Holztisches an meinem Damm spüren konnte. Dir zuzusehen, wie du deinen

Schwanz gewichst hast, der inzwischen schon gut stand, machte mich noch mehr an. Doch je länger ich dir fasziniert zusah, umso dringender wollte ich dich spüren - dich ganz in mir haben und dich schmecken. Gerne hätte ich jetzt über die Spitze geleckt, die sich mir so aufreizend präsentierte, während deine Finger sich um den Eichelkranz bewegten.

Meine Lust steigerte sich schnell und ich war fast versucht, zu dir auf die Couch zu kommen und mich einfach auf deinen harten Schwanz zu setzen. Aber noch war ich nicht bereit, als erster aufzugeben. Schließlich hatte ich dich noch vor kurzem ausdrücklich darum gebeten, dort sitzenzubleiben. Zum Glück kam mir eine andere Idee in den Sinn, die dich vermutlich ganz freiwillig dazu bewegen konnte, aufzustehen und zu mir zu kommen.

Ich drehte mich um und streckte dir auffordern meinen Hintern entgegen, während ich immer noch meinen Kitzler rieb und mich mit der anderen Hand auf dem Tisch abstützte.

„Du kleines Biest", kam es gepresst über deine Lippen und ich erkannte an deinem Tonfall, dass es dich jetzt glücklicherweise nicht mehr auf dem Sofa halten würde.

Ich biss mir auf die Lippe, als ich deinen Ständer kurz darauf zwischen meinen Lips spürte. Er glitt langsam auf und ab und ich drängte mich dir ungeduldig entgegen. Dein Eindringen quittierte ich mit einem lauten Aufstöhnen. Endlich! Die Dehnung fühlte sich gut an und ich begann mich mit dir zu bewegen. Ich konnte gar nicht stillhalten, selbst wenn ich gewollt hätte. Allerdings lag mir gerade nichts ferner. Es war extrem erregend, so ausgefüllt zu sein. Ich hatte es wirklich eilig und verschärfte nun meinerseits das Tempo, wobei mich das klatschende Geräusch deiner Hüfte an meinem Hintern noch mehr anmachte. Ebenso wie die kleinen, allmählich heftiger werdenden Klapse deiner flachen Hand auf meinen Pobacken.

Du kanntest mich gut genug, meine Signale zu verstehen und zu wissen, wie du mich zum Spritzen bringen konntest. Deine Finger umfassten meine Titte fest und kneten sie ein wenig, bevor du meinen Nippel hart gezwirbelt hast. Während dein anderer Arm meine Hüfte fest umschlang, mich gegen dich presste und deine Hand an meiner Klit spielte. Dies zusammen mit dem stoßenden Stakkato deines Schwanzes in meiner Muschi brachte alle meine Nerven und Sinne in Aufruhr. Ich hatte Mühe, mich an der Tischkante festzuklammern, um deinem Drängen etwas entgegensetzen zu können. Das fühlte sich so geil an, dass ich lauthals kam und sich ein Schwall meines heißen Safts über deinen Schwanz ergoss, der sich kurz darauf ebenfalls zuckend in mir entlud.

Ich lag inzwischen mehr mit dem Oberkörper auf dem Tisch, als ich stand, was mit meinen weichen Knien auch nicht mehr wirklich gut funktioniert hätte. Du warst ebenfalls auf meinen Rücken gesunken. So verharrten wir eine ganze Weile, bis die Wellen des Orgasmus nachließen und ich wieder bewusst die Renngeräusche wahrnahm.

Ich hatte ein bisschen ein schlechtes Gewissen, dass du noch doch nicht alle drei Rennen in Ruhe hattest verfolgen können. Also bat ich dich, mich aufstehen zu lassen, damit ich deinen Schwanz sauberlecken konnte. Dann holte ich mir ein Handtuch aus dem Bad, um mich damit ein wenig abzutrocknen, bevor wir es uns – halbnackt, wie wir waren - wieder zu zweit auf dem Sofa gemütlich machten. Noch rechtzeitig, bevor das Rennen der Königsklasse startete.

„Das war eine Super-Überraschung - mein kleines Boxenluder. Das können wir eigentlich an jedem Renn-Wochenende so handhaben", war dein schmunzelnder Kommentar und der gefiel mir ausnehmend gut.

## Nach der Idee einer Lady:
## K.D. Michaelis (54) aus Hannover

Bild: © K.D. Michaelis

## Sarah und Kai - der zweite Mann

Sarah war mit dem Bus in die Stadt zum Shoppen gefahren und hatte dabei keinen Gedanken an Regen verschwendet. Als sie jedoch aus dem Kaufhaus kam, fing es an zu tröpfeln und alsbald schüttete es wie aus Eimern an diesem Sommertag. Sie flüchtete sich also schnell in die Bar zwei Häuser weiter und bestellte sich einen Kaffee. Dann rief sie Kai an und bat ihn, sie doch bitte abzuholen.

„Ich habe noch einen Termin, Schatz. Es kann also noch ein bis zwei Stunden dauern. Hältst du es so lange ohne mich aus?".

Sie konnte sein arrogantes Lächeln förmlich durchs Telefon hören.

„Ganz schlecht, Liebster - aber ich werde es versuchen", säuselte sie zurück.

Während sie also wartete, schaute sie sich die Leute im Lokal an und die Menschen, die draußen vorbeihuschten, um dem Regen zu entfliehen. Die Bar füllte sich zusehends, da wohl auch etliche andere ihrer Idee gefolgt waren.

Sie war ganz in Gedanken, als sie plötzlich jemand ansprach: „Entschuldigung, ist der Platz hier noch frei?", lächelte sie ein großer, dunkelhaariger Mann an.

„Sicher. Bitte", entgegnete sie mit einem Lächeln.

„Super. Vielen Dank", entgegnete der Fremde. „Scheint ja heute doch noch ein schöner Tag zu werden", strahlte er Sarah an.

„Bei dem Regen wird das heute wohl nichts mehr werden", entgegnete Sarah.

„Oh nein - ich sprach nicht vom Wetter. Ich meinte viel mehr, dass ich mir den kleinen Tisch hier mit einer so netten und attraktiven Frau teilen kann."

Sarah blickte peinlich berührt zu Boden und bedankte sich freundlich für das Kompliment.

„Thomas, ich heiße Thomas", sagte der Unbekannte und reichte ihr die Hand.

„Ich bin Sarah. Freut mich, dich kennenzulernen, Thomas."

„Kommst du hier aus der Stadt?", fragte Thomas.

Sarah antwortete ihm und so kamen beide ganz unverfänglich ins Gespräch. Plötzlich hörte Sarah eine wohlbekannte Stimme hinter sich.

„So, so. Kaum lasse ich dich alleine in die City, schon flirtest du mit anderen Männern."

Kai gab ihr einen Kuss, den sie liebend gern erwiderte.

„Verzeihung, ich wusste nicht, dass...", gab Thomas leise von sich.

„Nein, nein. Alles gut, bleib sitzen. Ich hole mir einen Stuhl. Ich bin Kai, Sarahs Lebensgefährte", sagte Kai und reichte Thomas die Hand.

„Hallo Kai. Ich bin Thomas und habe Sarah eben erst kennengelernt", meinte Thomas und man bekam das Gefühl, als wolle er sich entschuldigen, dass er überhaupt da war und sich mit ihr unterhalten hatte. Mit der Zeit entspannte sich Thomas etwas und wurde jetzt auch wieder so locker, wie zuvor, als er mit Sarah alleine gewesen war. Draußen prasselte noch immer der Regen.

„Wo hast du geparkt, Schatz?", fragte Sarah Kai.

„In der Tiefgarage. War die einzige Möglichkeit, trocken hier anzukommen."

„Wie kommst du nach Hause?", fragte Sarah in Richtung Thomas.

„Ich warte einfach, bis der Regen aufgehört hat und gehe dann zum Bahnhof", antwortete Thomas mit einem freundlichen Lächeln.

„Wohnst du weit weg?", wollte Kai wissen.

„Nein, aber ich fahre lieber mit dem Zug, als hier stundenlang auf Parkplatzsuche zu gehen."

„Wenn du willst, Thomas, dann komm doch noch auf einen Kaffee mit zu uns? Ich kann dich ja später wegbringen, wenn es nicht so weit ist?", sagte Kai mit einem freundlichen Lächeln auf den Lippen.

„Ich möchte euch keine Umstände machen", meinte Thomas. „Es wird bestimmt bald aufhören."

„Erstens: Wenn ich mir die Wolkendecke so anschaue, wird das wohl eher nichts und zweitens hat der ,Radioman' auch etwas anderes verkündet", grinste Kai. „Wenn alle Stricke reißen und zu Hause niemand auf dich wartet, wie du vorhin erzählt hast, kannst du auch gerne unser Gästezimmer nutzen."

„Echt? Ich möchte euch wirklich keine Umstände machen."

„Machst du nicht, Thomas, sonst hätte ich dir das nicht angeboten."

„Sehr freundlich von euch, aber ihr kennt mich doch gar nicht."

„Ohhh, du uns doch auch nicht, oder?" - alle drei lachten.

„Also komm schon. Wir beißen nicht", sagte Kai und stand auf.

Sarah tat es Kai gleich und mit einem verlegenen Lächeln stand dann auch Thomas auf.

„Also gut. Dann nehme ich die Einladung gerne an", freute sich Thomas und folgte den beiden Richtung Tiefgarage. Nach etwa 20 Minuten hatten sie die Wohnung von Sarah erreicht, wo Kai eigentlich schon wohnte, obwohl er offiziell immer noch in seiner Wohnung gemeldet war. Er parkte vor dem Haus und alle drei rannten - so schnell sie konnten - zur Haustür. Kai nahm Sarah die Tüten ab und brachte sie ins Schlafzimmer, während diese Thomas ins Wohnzimmer bat.

„Was kann ich dir anbieten?", fragte sie Thomas mit einem freundlichen Lächeln.

98

„Ich weiß nicht. Was steht denn zur Auswahl?", fragte er zurück.

„Kaffee, Tee, Mineralwasser, Cola, Bier oder lieber ein Glas Wein?"

„Was trinkt ihr denn?"

„Kaffee, bitte!", rief Kai aus dem Flur, noch bevor er im Wohnzimmer ankam.

Sarah lachte. „Dachte ich mir", sagte sie und schaute zu ihm herüber.

„Gut, dann nehme ich auch Kaffee", meinte Thomas.

Sarah nickte und ging in die Küche.

„Ich hole mal Tassen", meinte Kai und folgte Sarah.

Sarah stand schon an der Kaffeemaschine und machte diese startklar, als Kai sie von hinten umarmte und ihr ins Ohr flüsterte: „Na? Wie gefällt er dir?"

„Wer?"

„Na, Thomas. Wer denn sonst?"

„Er ist nett und sieht recht gut aus. Bist du eifersüchtig?", sah Sarah ihn über die Schulter hinweg fragend an.

„Nein. Nicht die Spur, mein Schatz", lachte Kai. „Aber hättest du Lust auf ihn?"

„Wie? Lust auf ihn? Du meinst auf Sex mit ihm?", fragte Sarah erstaunt.

„Mit uns, meine ich."

„Ein MMF?", lächelte Sarah.

„Ja, genau das meine ich. Ich finde ihn sehr sympathisch und könnte mir das gut vorstellen - du, ich und er", grinste Kai.

„Glaubst du, dass er das auch will?", fragte sie erstaunt.

„Wenn du Lust hast, können wir es versuchen. Mehr als Nein sagen, kann er ja wohl nicht."

„Doch, kann er! Er könnte zum Beispiel fluchtartig die Wohnung der Perversen verlassen", lachte Sarah Kai an.

„Also? Willst du?", fragte er sie erneut.

„OK. Lust auf ihn bzw. euch hätte ich schon", grinste sie zurück - wobei ein verräterisches Glitzern in ihrem Blick lag.

Kai schnappte sich Tassen aus dem Küchenschrank, nahm Löffel und Milch und ging zurück ins Wohnzimmer.

„Setzt dich doch, Thomas", sagte Kai und wies ihm einen Platz auf der Couch zu. „Ist doch kein Stehcafé hier", grinste er ihn an.

Thomas setzte sich weisungsgemäß aufs Sofa, während Kai die Tassen verteilte. Eine in die Mitte für Thomas, eine links und eine rechts von ihm. Er ging zurück in die Küche, holte noch Zucker und Süßstoff, um dann wieder ins Wohnzimmer zu gehen und sich links neben Thomas niederzulassen.

„Was machst du beruflich?", fragte Kai, um die Wartezeit auf Sarah zu verkürzen.

„Ich bin Banker", erwiderte Thomas.

„Oh - ein Finanzgenie in unserem Hause", lachte Kai.

In diesem Moment kam Sarah mit dem Kaffee herein und stellte ihn auf den Tisch, um sich sogleich vor die letzte, freie Tasse - rechts neben Thomas - zu setzten. Es folgte der übliche Smalltalk über Hobbys, Sport und Politik. Nach einer Weile driftete das Thema in Richtung Sex. Kai erzählte, wie sich Sarah und er kennengelernt hatten und kam beiläufig auf das Erlebnis mit Rebekka zu sprechen. Thomas hörte gebannt zu und guckte beide immer wieder mal abwechselnd an.

„Das war ein toller Abend? Nicht wahr, Schatz?", sagte Kai - an Thomas vorbei - in Richtung Sarah.

„Ja, er war wirklich megageil", antwortete sie und lächelte Thomas dabei an, der etwas errötet zu sein schien.

Kai beugte sich nun etwas in Richtung Sarah und Thomas vor, während Sarah auf der anderen Seite das gleiche tat, sodass sich ihre Lippen vor Thomas Gesicht berührten und sich beide leidenschaftlich küssten. Dabei streiften Sarahs feste Brüste Thomas Arm. Sie legte eine Hand hinter ihn auf die Sofalehne und ganz nebenbei die andere Hand auf seinen Oberschenkel. Ihre linke Hand berührte sanft Thomas Nacken, verweilte dort einen Moment, bis ihr Daumen anfing, ihn sanft zu streicheln.

„Ähm - sollen wir vielleicht die Plätze tauschen?", fragte Thomas leicht verwirrt - ohne einen der beiden anzusehen. „Ich denke, ich sitze euch im Weg" - was mehr wie eine Frage, als eine Feststellung klang.

„Nein, ganz und gar nicht", lächelte Sarah, immer noch dicht vor Kais Lippen.

Thomas bemerkte die in ihm aufsteigende Erregung, die durch das sich direkt vor seiner Nase küssende Pärchen, aber vor allem durch Sarahs Berührungen entstanden war. Die Luft um ihn schien knapper zu werden und knisterte vor Spannung.

„Da, wo du jetzt sitzt, bist du genau richtig!", flüsterte Sarah ihm ins Ohr und gab ihm einen zärtlichen Kuss auf die Wange.

Kai lächelte ihn dabei freundlich an. Sarahs Hand wanderte nun sanft von Thomas Oberschenkel zärtlich streichelnd zu seinem Schritt und punktgenau zu der deutlich zu sehenden Erhebung. Sarah spürte seinen harten Schwanz in der Hose und lächelte ihn zufrieden an. Er konnte nur verlegen zurücklächeln.

Dann kam sie näher und küsste ihn sanft auf den Mund. Dann nochmal und jetzt erwiderte er ihren Kuss, indem seine Zunge den Weg in ihren Mund suchte. Es folgte ein leidenschaftlicher Kuss der beiden, wobei Sarah anfing, seine Männlichkeit heftiger zu massieren, was er mit einem leichten Aufstöhnen quittierte.

Kai streichelte währenddessen Sarahs Brüste. Sarah packte Thomas nun mit der ganzen Hand zärtlich im Nacken und zog seinen Kopf zu sich heran, um ihn besser küssen zu können. Dann wandte sie ihr Gesicht Kai zu und küsste ihn ebenso leidenschaftlich, nur um sich dann wieder Thomas zu widmen.

Sarahs Finger öffneten geschickt den Gürtel von Thomas Hose. Dann folgten Knopf und Reißverschluss, während sie ihn weiter innig küsste. Kai schob unterdessen ihren Pulli hoch und legte ihren BH frei. Sarah ließ kurz von Thomas ab, um Kai die Möglichkeit zu geben, ihr den Pulli über den Kopf auszuziehen. Dann wandte sie sich wieder Thomas zu und ihre warme Hand glitt aufreizend langsam und genießerisch in seine Hose.

`WOW´, dachte sie, als sie seinen erregten Penis fest umschloss.

„Der fühlt sich aber echt gut an", lächelte sie zuerst Thomas und dann Kai an.

Thomas lächelte immer noch etwas verlegen zurück. „Danke", sagte er, während Kai frech grinste.

Er stand auf und ging um den Tisch herum, um sich neben Sarah auf die Armlehne zu setzen. Diese holte nun Thomas Schwanz aus der Hose, während Kai ihr den BH auszog. Sarah rutschte ein Stück zurück, beugte sich dann vor und umspielte Thomas erregten Penis an der Eichel mit ihrer Zunge. Thomas stöhnte leicht auf und Kai öffnete währenddessen Sarahs Hose. Dann zog er sie langsam nach unten, wobei Sarah ihm - so gut sie konnte - half, ohne dabei Thomas bestes Stück loszulassen und ihn weiter mit ihrer Zunge zu verwöhnen.

Kai massierte sie währenddessen durch den Slip mit seinen Fingern, was sie mit einem Aufstöhnen als angenehm quittierte. Kai merkte, wie feucht Sarah bereits war und zog ihr das überflüssige Stück Stoff ebenfalls schnell aus.

Sarah nahm nun Thomas Schwanz tief in den Mund und saugte fest an ihm, was dieser wiederrum mit einem lauten Stöhnen honorierte. Dabei vergrub sich seine linke Hand fest in ihren braunen Haaren und die rechte Hand knetete ihre Brüste. Sarah war nun völlig nackt und ihre rasierte Muschi total feucht - einladend und bereit für mehr. Kai stand auf, holte ein paar Kondome aus einer Tasche, legte sie vor Thomas auf den Tisch und zog sich ebenfalls aus.

Sarah ließ von Thomas ab, um ihm das T-Shirt auszuziehen. Er selbst entledigte sich seiner Hose, Schuhe und Socken. Als alle drei nun völlig entkleidet waren, nahm Sarah ein Kondom, um es Thomas mit den Lippen geschickt über seinen großen, erigierten Schwanz zu stülpen. Dann schwang sie sich in Reiter-stellung auf ihn und führte seinen harten Schwanz unter lautem Aufstöhnen in ihre nasse, schmatzende Muschi ein.

Kai stellte sich mit einem Bein auf den Boden, um sich mit dem anderen auf dem Sofa abzustützen, sodass Sarah seinen ebenfalls schon steifen Schwanz blasen konnte. Sie ritt wie wild auf Thomas, der heftig stöhnte und keuchte. Auch Kai entlockte dieser An-blick in Kombination mit dem Blowjob, den ihm Sarah verpasste, kehlige Laute der Lust.

Mit einem Mal schwang sie sich von Thomas herunter, um ihn auf den Rücken zu legen. Wieder setzte sie sich auf ihn, um seinen Schwanz erneut tief in sich aufzunehmen.

Sie drehte sich mit dem Kopf zu Kai und sagte: „Mach es, Schatz. Ich will es - JETZT!"

Kai verstand, holte das Gleitgel unter dem Tisch hervor, tropfte einen Klecks auf ihre Rosette und rieb seinen Schwanz großzügig damit ein. Dann trat er hinter Sarah, die immer noch Thomas Schwanz ritt und drang sanft, aber bestimmend in ihren Po ein. Sarah stöhnte laut auf und verzog das Gesicht dabei vor Anspannung.

„Ahhh - das ist so geil. Mein erstes Sandwich!", entfuhr es ihr.

Beide Männer suchten nun einen gemeinsamen Rhythmus, um Sarah so zu ficken, dass es ihr guttat. Mal knetete einer ihre Brüste, dann der andere. Kai verpasste ihr zwischendurch immer wieder einzelne, heftige Schläge mit der flachen Hand auf ihre Arschbacken, deren lautes Klatschen Sarah mit geilem Aufschreien honorierte. Ihre Haut brannte, aber das machte sie nur noch rolliger.

Die beiden Männer fickten sie nun rhythmisch nahezu perfekt, sodass ihr Saft nur so aus ihr herausfloss. Vor Lust bebend, kam sie laut und anhaltend, bevor sie sich erschöpft auf Thomas Brust sank. Kai ließ als erster von ihr ab, stellte sich vor die Couch und wichste seinen harten Ständer erregt weiter. Ihre Enge, ihre Laute und ihr Gegenhalten hatten seinen Schwanz doch mächtig anschwellen lassen und ihn so richtig heiß gemacht.

Sarah kletterte langsam von Thomas herunter, gab ihm einen langen Kuss und setzte sich dann mit ihrem stark geröteten und heftig genommenen Hintern vorsichtig auf die Couch. Thomas erhob sich ebenfalls und stellte sich - heftig atmend und wichsend - neben Kai. Sarah saß mit gespreizten Beinen und immer noch tropfender Muschi dicht vor den beiden, griff sich gierig ihre Schwänze und massierte sie geschickt mit ihren Fingern. Dabei blies sie abwechselnd mal den einen, dann den anderen genüsslich.

Beide Männer versuchten unterdessen sowohl ihre Muschi, als auch ihre Brüste mit der Hand zu massieren. Als sie merkte, dass Kai und Thomas langsam dem Orgasmus näherkamen, konzentrierte sie sich darauf, beide so zu melken, dass keiner eher fertig war, als der andere.

Zuerst stöhnte Kai auf, ganz kurz danach Thomas und beide verteilten unter heftigem Stöhnen und Zucken ihr Sperma auf Sarahs Brust und in ihrem Gesicht. Sarah genoss das heiße Gefühl auf ihrer nackten Haut und strahlte sie an. Abwechselnd blies sie weiter, um auch das letzte Tröpfchen aus ihren Eiern zu holen, was beide weiter mit Stöhnen quittierten. Dann lies sie von beiden ab, leckte sich lächelnd das Sperma von den Lippen und verteilte den Liebessaft mit langsamen, kreisenden Bewegungen auf ihren Brüsten.

Erschöpft ließen sich Kai und Thomas neben sie auf das Sofa fallen und fingen an, sie zu streicheln und ihre nasse Muschi erneut mit kundigen Fingern zu bespielen. Sarah streichelte beiden dabei über den Kopf. Thomas rutschte mit einem Mal vom Sofa, um mit seinem Kopf zwischen Sarahs Schenkeln zu verschwinden und ihre Muschi mit der Zunge zu durchfahren und an ihrem Kitzler zu spielen. Sie stöhnte laut auf und da sie immer noch sehr erregt war, genügte ein kurzes Zungenspiel und ihre Muschi begann erneut auszulaufen.

Kai küsste sie dabei voller Lust und Leiden-schaft. Er knetete fest ihre Brüste und zwickte sie in die Nippel. Dann wurde ihr Stöhnen lauter und hefti-ger, ihr Becken bebte. Sie zuckte vor und zurück, so-dass Thomas Schwierigkeiten hatte, ihren Bewegun-gen mit dem Mund zu folgen.

Dann schrie Sarah auf: „Ja - oh Gott, wie geil. Ja, leck mich weiter! Das fühlt sich so geil an!"

Der Saft spritzte nur so aus ihr heraus und Kai guckte fasziniert zu, wie Thomas trotz des Squirting's nicht aufhörte, Sarahs Muschi zu lecken. Ein Stoß nach dem anderen durchzog Sarahs Körper. Ein scheinbar nicht enden wollender Orgasmus durch-strömte sie, bis sie nicht mehr konnte und Thomas Kopf zurückstieß.

Thomas schwang sich wieder auf die Couch neben Sarah, die seinen - von ihrem Saft nassen - Mund heftig küsste. Dann wand sie sich Kai zu und küsste auch ihn voller Lust.

„Danke Schatz, für dieses herrlich geile Erleb-nis", flüsterte sie und küsste ihn erneut.

Dann wand sie sich Thomas zu: „Auch dir danke ich. Es war so geil von dir geleckt zu werden. Einfach der Hammer!"

„Nein", sagte Thomas. „Ich habe dir zu dan-ken - für diese geile Nummer."

„Hey, hört ihr beide jetzt mal mit dem Bedan-ken auf? Die Nacht ist noch jung. Wir sollten lieber nach oben gehen und wenn wir wieder etwas Luft bekommen, geht's ab in die nächste Runde", zwinker-te Kai.

Die drei lachten und lagen sich in den Armen, um wieder zu Kräften zu kommen, bevor Sarah ihre beiden Männer an die Hand nahm und sie nach oben ins Schlafzimmer führte, wo sie sich noch einige Stunden zusammen amüsierten, bevor alle drei vor Erschöpfung - mit einer glücklichen und zufriedenen Sarah in der Mitte - einschliefen.

**Nach der Idee eines Gentlemans:
Eisenherz2015 (50) aus dem Raum Borken**

Bild: © Eisenherz2015

# Weitere erotische Literatur von K.D. Michaelis
erschienen als **eBook's** und **Bücher** bei
TWENTYSIX - Der Self-Publishing-Verlag bzw.
BoD - Books on Demand

**12 erotische Kurzgeschichten** einer befreundeten, 7-köpfigen Autorengruppe.

Alex, Chewu und Karina leben in **Hannover**, Alexandra bei **Neustadt am Rübenberge**. Sunshine kommt aus dem **Schaumburger Land**. Peter hat es in den Raum **Göttingen** verschlagen und Olga wohnt in der Gegend von **Kassel**. Da sie häufiger hier ist, haben wir sie kurzerhand eingemeindet ;-)

**eBook**
**ISBN 978-3-740-73760-3   € 4,99**
**Buch (116 Seiten)**
**ISBN 978-3-740-73289-9   € 7,99**

**Band 2 dieser Reihe** mit weiteren **12 sexy Kurzgeschichten** einer 8-köpfigen Autorengruppe (4 Ladies und 4 Gentlemen).
Spannende ‚Bett-Lektüre' nur für Erwachsene.

joe water und marylou73 kommen aus **Braunschweig**.
Alex, frechemaus_2011, Herrin der Zeit, Karina (K.D. Michaelis), Mr. Jay und Paul Logen leben in **Hannover**.

**eBook**
**ISBN 978-3-752-80049-4   € 4,99**
**Buch (116 Seiten)**
**ISBN 978-3-752-85087-1   € 7,99**

# Weitere erotische Literatur von K.D. Michaelis
## erschienen als **eBook's, Bücher** und **Hörbücher**
### bei BoD - Books on Demand und XinXii

**Band 3 dieser Reihe** enthält weitere **13 sexy Kurzgeschichten** einer 6-köpfigen Autorengruppe:
marylou73 kommt aus **Braunschweig**. soulsearcher_hh hat seine Zelte natürlich in **Hamburg** aufgeschlagen. H.M. Grube, Karina (K.D. Michaelis) und Paul Logen leben in **Hannover**. LadyZartHart wohnt in **Pinneberg**.

**eBook**
**ISBN 978-3-752-84493-1     € 4,99**
**Buch (120 Seiten)**
**ISBN 978-3-752-82531-2     € 8,99**
**mp3-Hörbuch**
**XinXii-Download oder USB-Stick**
**ca. 3 Std. 15 Min.          € 7,99**

**Band 4 dieser Reihe** besteht aus **10 erotischen Kurzgeschichten** - erzählt von 6 verschiedenen Autorinnen und Autoren (2 Ladies und 4 Gentlemen). Eisenherz2015 lebt in **Borken**. marylou73 kommt aus **Braunschweig**. K.D. Michaelis und Mr. Jay wohnen in **Hannover**. S**hruikan hat sein Domizil in **Schaumburg**. SamWi stammt aus **Stadthagen**.

**eBook**
**ISBN 978-3-748-16160-8        € 6,99**
**Buch (156 Seiten)**
**ISBN 978-3-748-10234-2        € 9,99**
**mp3-Hörbuch ca. 3 Std. 57 Min.**
**XinXii-Download oder USB-Stick**
**ISBN 978-3-9663-3649-9        € 7,99**

# Weitere erotische Literatur von K.D. Michaelis
## erschienen als **Buch** bei
### BoD - Books on Demand

**Die** BEIDEN nachstehend genannten **Sammlungen erotischer Kurzgeschichten sind jetzt auch in EINEM** Buch mit allen **17 Erzählungen erhältlich.**

Heiße skandinavische Nächte **inkl.**
Feuchte Träume

Erschienen bei
BoD – Books on Demand

**Buch (188 Seiten)
ISBN 978-3-744-87403-8   € 9,99**

## Weitere erotische Literatur von K.D. Michaelis
erschienen als **eBook's** im Club der Sinne®
- direkt beim Verlag auch als pdf erhältlich -

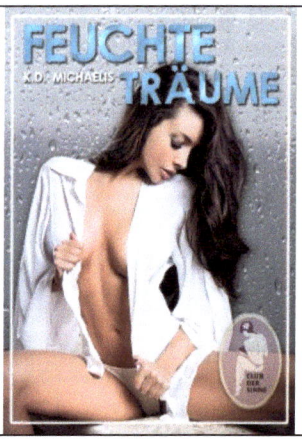

Im Fitnessstudio lernt Nova den attraktiven Ben kennen, mit dem sie die Leidenschaft für Sex-Rollenspiele und die Lust, immer neue Sex-Abenteuer zu erleben, teilt. Gemeinsam leben sie ihre BDSM- und Rollenspiel-Phantasien aus – was sie in 7 Kurzgeschichten quer durch das Stockholmer Nachtleben, diverse Betten und Nachtclubs und zu überaus geilen neuen Partnern führt.

**eBook
ISBN 978-3-95527-691-1  € 3,49**

Begleitet Nova durch 10 erotische Kurzgeschichten, die eine Menge an prickelnder Erotik in den verschiedensten Spielarten zu bieten haben und in denen unter anderem auch der leidenschaftliche und gutaussehende Jonas wieder eine tragende Rolle spielt. Denn je mehr sie über ihn nachdenkt, umso klarer wird ihr, dass sie seine durchaus härtere Gangart beim Sex unheimlich anmacht. Ein spannendes und aufregendes Spiel mit dem Feuer beginnt im ansonsten eher kühlen Norden Europas.

**eBook
ISBN 978-3-95604-078-8  € 3,49**

## Ratgeber von K.D. Michaelis
### Erschienen als **Buch, eBook** und **Hörbuch**
bei TWENTYSIX - Der Self-Publishing-Verlag und XinXii

Dummdreiste Durchschnittstypen,
Jammerlappen, Verbal-Erotiker,
Libertiner und Nymphomaninnen -
so erkennt man sie ganz leicht.
Tipps und Tricks zu Dating-Portalen

**2. Auflage**
**- Buch (164 Seiten)**
 **ISBN 978-3-740-72987-5**   **€ 9,99**
**- eBook**
 **ISBN 978-3-740-71857-2**   **€ 6,99**
**- mp3-Hörbuch ca. 4 Std. 39 Min.**
 **XinXii-Download oder USB-Stick**
 **ISBN 978-3-9602-8790-2**   **€ 7,99**

**1. Auflage**
**- Buch (140 Seiten)**
 **ISBN 978-3-740-71253-2**   **€ 9,99**
**- eBook**
 **ISBN 978-3-740-73650-7**   **€ 6,99**

# Backbuch von K.D. Michaelis
## Erschienen als Buch und eBook bei
## BoD - Books on Demand

**Backfee oder Zuckerbäcker** – mit diesen leckeren und unkomplizierten Rezepten gelingt dies jedem auf An-hieb! Praktische Backtipps, Variations-möglichkeiten, Angabe der nötigen Backutensilien und ein außergewöhnli-ches Herstellerverzeichnis für die verwendeten Zutaten sorgen für ein perfektes Ergebnis.

**1. Auflage**
- **Buch (104 Seiten)**
  **ISBN 978-3-752-81594-8**     **€ 18,99**
- **eBook**
  **ISBN 978-3-752-81756-0**     **€  7,99**

Weitere hilfreiche Tipps zu sinnvollen Back-Utensilien sowie Links zu den entsprechenden Bestellmöglichkeiten:
https://www.kd-michaelis.com/backen/backzubehör-tipps/

Falls Ihr Euch schon mal gefragt habt, warum bei vielen Büchern Leerseiten am Ende zu finden sind:

Dies ist eine Vorgabe,
die durch den Druck bedingt ist.

Die Gesamt-Seitenzahl muss immer durch 4 teilbar sein und ggfs. entsprechend aufgefüllt werden.